KB117398

어느 날 갑자기 다정하게

어느 날 갑자기 다정하게

지은이 강혜빈
펴낸이 임상진
펴낸곳 (주)넥서스

초판 1쇄 인쇄 2024년 3월 5일
초판 1쇄 발행 2024년 3월 10일

출판신고 1992년 4월 3일 제311-2002-2호
10880 경기도 파주시 지목로 5 (신촌동)
Tel (02)330-5500 Fax (02)330-5555

ISBN 979-11-6683-789-0　03810

www.nexusbook.com
&(앤드)는 (주)넥서스의 문학 브랜드입니다.

어느 날 갑자기 다정하게

강혜빈 산문집

&

차례

—————————————— 1부

어느 날
갑자기
다 정 하 게

×

아이 엠 그라운드

당신에게,

편지는 어느 날 갑자기, 시작됩니다.

오래전부터 오늘을 기다린 사람처럼, 서둘러 보내고 싶어 마음이 간질간질했어요.

저는 당신에게 무엇을 건넬 수 있을까요? 다만 사랑을 이야기할 수 있을까요?

첫 번째 편지이니, 조금은 가벼운 마음으로 저에 관한 이야기를 들려드리려고 합니다.

저를 이루고 있는 것들, 제가 좋아하는 것들, 제가 고민하는 것들에 대해서요.

당신이 계신 곳에서 대화를 나누듯이, 편히 마주하는 시간이 되었으면 좋겠습니다.

저는 지금, 청록색 롱 슬리브와 줄무늬 파자마 바지를 입고요. 도톰한 수면 양말을 신고 있습니다.

당신은요? (추신. 초안을 쓴 후 시간이 흘러 지금은 옷을 갈아입었어요. 조그만 고양이가 그려진 파자마와 촉감이 부드러운 반팔 티셔츠를 입고 있습니다. 이런 현장감 왠지 좋은데요.)

곁에는 타트체리 원액을 섞은 차가운 물 한 컵 놓여 있고요. 덜 마른 머리카락으로, 안경을 쓴 채 32인치의 모니터를 주시하고 있습니다. 저는 난시가 있고, 눈이 몹시 나쁩니다. 휴대폰과 컴퓨터 모두 '나이트 모드'를 사용합니다. 아침에도, 낮에도, 밤에도 밤인 사람. 유난히 눈부신 것을 견디지 못하는 사람. 그런 사람에게 밤은 아주 편안한 시간이면서 동시에 두려운 시간이기도 합니다. 대략 밤 12시부터 새벽 5시까지 깨어 있는 날이 많은데, 그 시간 동안에는 머릿속이 쉬지 않고 가동되는 느낌이에요. 스위치가 고장 난 기계처럼요.

평소에 궁금한 것들이 많아서 백과사전을 끼고 다니는 편인데요. 역시 이러한 현상들도 검색을 해 보았더니 뇌의 편도체라는 부분이 활성화되기 때문이라고 해요. 기억하고 싶지 않은 장면들이 불쑥불쑥 튀어나오기도 하고요. 평생 밤잠을 포기하면서 무언가를 이뤄왔던 것 같아요. 그런데 이제는 루틴을 조금 바꿔 보려고 시도 중이에요. 죽음에서 사랑으로 건너온 한 사람으로서요.

사람은 잘 변하지 않는다고 하지만, 때로는 이전과 같은 사람이 아닌 것처럼 완전히 달라진다고 느낍니다. 저는 첫 시집을 묶을 때까지만 해도, 밤과 더 가까운 사람이었는데요. 여러 가지 일들을 겪고 나서 낮의 방향으로 걸어가고 있습니다. 제가 햇빛을 좋아하게 된 이유는 간단합니다. 살고 싶어서요.

방 창문을 열면, 누군가 심어 놓은 대추나무가 보입니다. 대추를 좋아하세요? 저는 가을 무렵, 제철인 사과대추를 즐겨 먹습니다. 올해에는 두 알밖에 먹질 못 했네요. 생각난 김에 조만간 꼭 먹어야겠어요. 잘 익은 사과대추를 흐르는 물에 깨끗이 씻어 껍질 째 그대로 베어 물면, 아삭아삭한 식감과 달콤한 맛에 기분이 좋아져요. 제 소울 푸드 중에 하나랍니다.

우연히 나뭇가지가 눈에 들어와 찍게 된 사진이에요. 물론 A컷으로 분류되진 못했지만요. A컷으로 분류되지 않는 컷들은 모두 어디로 갈까요? B컷, C컷, D컷, F컷, E컷……. 사실, 종종 A컷보다 마음에 드는 나머지 컷들이 있습니다. 빛이 새거나 흔들렸거나, 구도적으로, 혹은 상징적으로 '완성'이라는 개념에서 멀어졌지만 왠지 마음이 쓰이는 컷들.

저는 아날로그 인간이 되고 싶은, 디지털 인간입니다.

사진전 준비를 하면서 이곳저곳 출사를 다녀왔어요. 이상하게 카메라를 들고 걷다 보면 집 근처의 풍경도 다르게 보일 때가 있습니다. 스냅을 찍을 때는 주로 필름을 사용합니다. DSLR을 사용하면 편리하고 빠른 작업이 가능한데요. 숨을 참고 셔터를 누르다 보니, 머리가 핑- 하고 어지러워지기도 해요. 특히 인물 화보를 촬영할 때는, 동작 하나, 표정 하나를 놓치고 싶지 않아서 구르고, 눕고, 뛰고, 재빠르게 동선을 바꾸어가면서 속도감 있게 진행하는 편입니다. 선예도는 렌즈에 따라 조금씩 차이가 있지만, 저는 근거리에 강한 단렌즈를 선호하는 편이에요.

필름 카메라는 바로바로 결과물을 확인할 수 없고, 현상과 스캔을 거쳐 천천히 받아 볼 수 있어서 좀 더 시간과 품을 들여 작업하게 됩니다. 아, 필름만이 가진 질감과 결을 좋아해요. 가끔 커미션이 아닌 개인 작업을 할 때는 인물도 필름으로 종종 담습니다. 현상된 필름을 햇빛에 비추어 보면, 마치 처음 보는 장면처럼 낯설기도 합니다. 유령의 흔적처럼요.

○

저는 당신이 무척이나 궁금합니다. 이미 알고 있는 분이라도 말이에요.

제가 당신을 어떻게 알 수 있을까요?

쓰는 사람이 '쓴다'는 감각을 가지고, 써 내려가는 동안에는 이 세상에 쓰는 사람과 읽는 사람, 그리고 언어와 호흡들만 존재하는 것 같아요. 아주 고요하고, 깊은 시공간 속에서요. 왠지 이렇게 편지를 쓰는 것만으로도 조금은 가까워진 기분이랄까요. 나는 다만 당신을 떠올리며 쓰고 있습니다. 어쩌면 나 자신에게 부친다는 생각으로, 최초의 독자인 우리를 가만가만 바라보는 느낌으로.

인간은 영원히 알 수 없는 존재라고 생각합니다. 나 스스로도 어제와 오늘과 내일이 완전히 다른 존재라고 감각되니까요. 인간은 저마다의 색과 빛으로 이루어져 있습니다. 그것은 마치 게임 속 캐릭터의 고유한 특성 같다고 생각합니다. 나를 캐릭터처럼 레벨 1부터 육성한다고 생각하면, 먹이고 입히고 씻기고 재우고……. 그 밖의 많은 피로한 행위들이 필요합니다.

하지만 그 피로감 속에서 자라나는 기쁨 또한 있습니다. 이를테면 너무 맛있는 버터프레즐을 한 입 베어 물었을 때. 새로 주문한 잠옷의 촉감이 폭닥폭닥해서 마음이 편안해질 때. 따뜻한 물줄기가 등허리를 타고 내려가는 느낌. 위에서 아래로

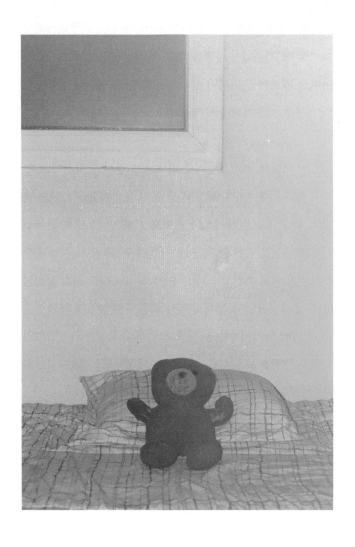

떨어지는 물방울들을 바라볼 때. 외롭지 않습니다. 우울은 수용성이라는데. 분명 그렇습니다. 백지 앞에 앉아 무기력하고 두려울 때, 개운하게 샤워를 하고 나오면 언제 그랬냐는 듯 무어라도 해보려는 의지가 생기거든요. 다만 아직도 잠투정이 많아 재우는 건 어려운 서른입니다.

게임 캐릭터처럼, 무언가를 기르고, 보살피고, 강화하고, 어려운 퀘스트를 완수하고, 작지만 분명한 성취감을 느끼는 순간이 좋습니다. 필라테스나 웨이트 트레이닝으로 탄탄해진 엉덩이 근육을 만져 볼 때. 어린이들과 수업하면서 함께 흔들리고 부딪히고 껴안고. 그들이 어제보다 더 자라난 걸 발견할 때 특히 그렇습니다. 그래서 나는 요즘 부쩍 엄마가 되고 싶습니다. 나의 아이의 이름을 부르고 인생의 확장판을 경험하며 제대로 쓴맛을 보고 싶습니다. (사실 이 문장은 초가을이 아닌 한겨울의 보들보들한 펭귄 이불을 두른 미래에서 쓰였습니다.)

혹시, 당신도 애착 인형을 꼭 안고 자는 습관이 있나요? 혹시, 당신도 밥을 천천히 느리게 먹는 편인가요? 혹시, 당신도 모르는 사이에 이를 꽉 문 적이 있나요? 혹시, 당신도 처음 본 사람에게 사랑에 빠진 적이 있나요? 혹시, 당신도 홍채가 옅은 갈색인 편인가요? 혹시, 당신도 아무에게도 말하지 않은 비밀이 있나요? 혹시, 당신도…….

몸과 마음 중에서, 어느 쪽이 더 먼저 계절이 변하는 것을 느낄까요? 저는 때에 따라 다르지만, 이번에는 마음이 먼저 알아챈 것 같습니다. 몸은 아직 초록이 무성한 여름 속에 있고, 마음은 벌써 겨울이 올 준비를 마쳤을 때. 내가 둘로 쪼개진 기분이 들었습니다.

그래요, 가을이 가고 있군요. 그래요, 꽃을 보면 슬퍼집니다. 그런데 길을 가다 발견하면 꼭 사진을 찍어요. 가끔은 제 눈이 카메라 셔터 그 자체였으면 좋겠다고 생각합니다. 기록에 대한 강박이랄까요? 어떤 순간을 쉬이 지나치지 못하고 우뚝 멈춰 서서 어떤 방식으로든 담아야 하는. 어쩌면 직업병일 수도 있겠네요.

꽃은 아름답나요? 꽃은 덧없나요? 사실 저는 식물을 키우는 것을 별로 좋아하지 않습니다. 그래서 화분 같은 것을 선물할 때에는 아주 조심스러운 마음이 됩니다. 한 생명을 건네는 것과 마찬가지니까요. 어떤 사람이 먹다 남은 파인애플 반쪽

을 잘라 베란다에 놓인 화분에 심었다는 글을 읽은 적이 있습
니다. 그 파인애플은 어떻게 되었을까요?

신선한 물과 햇빛을 먹고 자란 파인애플은 3년이 흘러, 아
주 건강하게 열매를 맺습니다. 살아 있음은 참 놀랍고, 무서워
요. 어쩌면 식물도, 동물도, 인간도. 매일 죽음을 향해 나아가

고 있지만 그것은 끝이 아닌 완성일지도 모릅니다. 제 몫을 다한 파인애플처럼요. 제가 식물을 키우지 않는 건, 죽음을 마주하는 것에 트라우마가 있어 그런 것일지도 모릅니다. 그럼에도 제가 화분을 선물한다면, 당신을 신뢰하며 애정하고 있다는 뜻입니다.

당신에게 처음으로 편지 쓰는

강혜빈 드림.

두 번째 편지

×

부드럽고 환한 레몬 마들렌

당신에게,

저는 오늘 두 번쯤 짧게 울고, 여덟 번쯤 크게 웃었습니다.
왜일까요? 어쩐지 마음이 붕 떠오르는 밤에, 당신을 생각하며
편지를 씁니다. 우리가 앞으로, 얼마나 오래 이야기를 나눌 수
있을까요? 그런 질문보다는, 우리가 앞으로 어떤 이야기를 나
눌 수 있을까요? 그런 것이 궁금합니다.

당신은 어떤 자세로, 어떤 눈빛으로, 이 세계를 바라보고
있나요? 저는 흘러내리는 채로 굳어져 가는 하얀 촛농 같은
자세로, 꺼지지 않는 작은 불씨 같은 눈빛으로 이 세계를 바라

보고 있습니다. 당신의 세계에서 가장 큰 비중을 차지하는 섬은 무엇인가요? 나와 같거나 다른 당신이 궁금합니다. 어쩌면, 우리가 이렇게 만나게 된 것은 우연이 아니라는 생각이 듭니다.

요즘은 부쩍, 누군가와 함께 산책을 하고 싶습니다. 천천하게, 걸음을 맞추어 가면서요. 당신은 산책을 좋아하나요? 감색 노을이 지면서 조금씩 하늘이 어두워질 때, 조금은 서늘한 바람이 콧속으로 스며들 때, '함께'라는 느낌을 정확히 알고 있는 채로. 걸으며, 걸으며. 아무런 말을 하지 않아도 좋을 것 같아요. 저의 수신인이 되어 주셔서 고맙습니다. 당신의 이름을 오래 기억할게요.

내일의 목도리를 고민하고 있는
강혜빈 드림.

○

수는 흔들리는 열차 속에서, 강을 바라보고 있다.

늦은 오후의 강.

물은 많고, 넓고, 지나치게 반짝인다. 반짝이는 것들을 마주
하면 왜 슬퍼질까. 수는 윤슬이라는 단어보다 물비늘이라는 단
어가 더 좋았다. 보다 직관적이고 덜 아름다운. 바닥을 내려다
보니 왼쪽 운동화 끈이 풀려있다. 쭈그려 앉아 묶는다. 동그란
고리를 만들고 한 번 휘감아 또 다른 고리를 만들고. 완성하고
보면 언제나 엉성한 모양이다. 리본을 단정하게 묶을 줄 아는 사
람들은 몸가짐도 단정할 것이다. 옷가지를 가지런히 걸고, 무엇
이든 천천히 음미하며 먹을 것이다. 죽은 듯이 잠에 들 것이고,
여간해선 잘 뛰지 않으며, 아끼는 찻잔이 하나쯤 있을 것이다.
관계를 맺고 끊을 때에도 긴말 없이 깔끔할 것이다. 그런 추측은
쉽고, 그런 추측은 잘 빗나간다. 고쳐 묶고, 또 묶어도 풀어짐을
되풀이하는 마음이 있다. 걷다가 운동화 끈이 풀리면, 누가 날
보고 싶어 하는 거래. 그런 미신을 떠올린다. 사람들은 그렇게
믿으면서, 사실은 자신이 그리워하는 사람을 떠올리는 것일지
도 모른다.

기다리는 강 Waiting River (2019)

수는 강을 가로지르는 커다란 다리의 이름이 궁금해진다. 사실은 크게 관심이 없는데도, 비슷한 기분에 휩싸이면 누구라도 말해 주었으면 좋겠다는 생각으로 집요해진다. 도시의 질감을, 다리의 이름들을, 자전거 대여소의 위치를 잘 알고 있는 사람. 숫자에 밝고, 지도를 잘 읽는 사람. 초겨울의 건조한 햇빛 같은 사람. 경의 목소리가 떠오른다. 경은 목이 잘 잠겼다. 잠들기 전에 듣는 목소리와 점심시간의 목소리는 확연히 달랐다. 수는 문득 듣고 싶어졌다. 나른하게 가라앉은, 조금은 피로한, 삶의 착잡함을 알아 버린 그런 목소리.

반짝이는 물은 조금씩 멀어진다.
몸이 열차의 리듬에 따라 조금씩 흔들린다.

어두운 터널로 진입하기 전까지, 창밖에서 눈을 떼지 못하는 사람들이 있다. 수는 그들에게 미묘한 친밀감을 느낀다. 누구에게라도 말을 걸고 싶어진다. 열차는 점점 더 세게 흔들린다. 손잡이를 잡지 않은 채 중심을 잡는 일은 쉽지 않고, 쉽지 않은 일은 쉬운 일보다 더 많이 있지만. 무엇에도 기대지 않고, 서서 갈 수 있다. 그렇게 되기까지 오랜 시간이 걸렸다.

물이 멀어지고 있다. 열차 안을 천천히 둘러본다. 긴 유리창으로 햇빛이 들이쳐 바닥에 네모난 공간이 생긴다. 사람들은 무표정하고, 어딘가 지쳐 있다. 별다른 일이 없다면, 이들을 다시 볼 일은 없을 것이다.

수는 생각한다. 어떤 가게의 문을 밀고 나올 때, 다시는 이곳으로 돌아올 수 없을 것 같은 기분이 들 때가 있다. 자주 가던 빵집이 어느 날 갑자기 사라진 것처럼. 물론 그날은 예상하지 못했다. 주인은 조금 지저분해진 검은 앞치마에, 볼펜으로 머리를 질끈 틀어 올리고 얇은 안경테에 치렁치렁한 은색 줄을 달았다. 그 사람은 게임 속 NPC처럼 언제나 비슷한 모습이었다. 수는 그의 한결같은 취향이 왠지 멋지다고 생각했다. 그는 수를 알아보고도 모른 척해 주었다. 둘은 언제나 눈빛으로만 알은척을 했다. 수는 그것이 싫지 않았다.

「부드럽고 환한 레몬 마들렌을 좋아해요.
정말이지 좋아해요.」

수는 그에게 마들렌에 대한 마음을, 옅은 노란빛의 아름다움을,

26

전해 주지 못한 일을 종종 후회하였다.

다음 역은 기다리던 역이다. 기다리던 역. 인간이 기다린 것이 아니라, 역이 기다린 것일지도 모른다. 수는 출입문에 서 있다. 기다리는 일은 좀처럼 지루해지지 않는다. 기다림은 도착하고, 홀연 떠나고 모든 것이 갑자기 끝장나 버리기도 한다. 돌아올 때까지 기다릴게. 그렇게 말한 사람들은 모두 떠났다. 다만 물을 바라보는 일은 자리를 일어서는 것으로 간단히 마무리된다.

수는 오늘 금연한 지 653일 째가 된다. 숫자는 많은 것을 의미하지만, 가끔은 아무런 의미도 되어 주지 않는다. 수는 담배를 피우는 친구들에게 둘러싸여 팔짱을 끼고 그들의 입을 바라본 적이 있다. 연기와 재, 재와 연기. 허공을 응시하다가, 다시서로를 바라보고, 둥글게 서서, 어떤 대화들이 오간다. 너도 한대 피울래? 수는 고개를 가로젓는다. 보는 사람이 되어 간다.

수는 거절을 연습한다. 싫어하는 것을 싫어한다고 말할 수 있도록. 억지로 웃지 않으며 미안하다는 말을 버릇처럼 하는 일은없다. 담배는 끊는 게 아니라 참는 거래. 넌 되게 독하구나. 수는 고개를 끄덕인다. 수는 이틀에 한 번, 요가 매트 위에서 플랭크를 한다. 1분의 길이를 체감하면서 혼자서 중력의 무게를 느낀다. 이 몸 하나를 끌고 앞으로도 나아가야 한다. 예고 없이 찾아오는 불행들 앞에 단단하게 버틸 수 있도록.

○

수는 잠을 가지고 싶었다. 아주 달콤한 잠을.
아주 작은 죽음을.

수는 매일 꿈을 꿨다. 별로 놀라울 것도 없었지만, 꿈을 좀처럼 기억하지 못하는 이들은 종종 신기하게 여겼다. 평행 세계처럼 존재하는 그곳의 일상이 그리워질 때도 있다. 한 달 전에 갔던 건물을 또 가기도 하고, 어느 날에는 레몬색 머리카락을 가진 사람과 함께 날아다니기도 했다. 그는 누구일까. 이름도, 나이도, 성별도 아무것도 모르지만 어쩐지 또 만날 것 같다는 느낌이 든다.

수는 잠들기에 성공하기 위한 방편으로 새 잠옷을 샀다. 잠옷의 이름은 참 정직하구나, 생각하면서. 검색 창에는 갈 길을 잃

은 단어들이 쌓여 갔다. '파자마, 홈 웨어, 라운지 웨어, 면 티셔츠, 집에서 입는 옷, 편한 옷, 잠 잘 오는 옷…….' 수는 주로 외출복의 개념에서 탈락한 옷들을 입고 잤다. 지난여름으로부터 버려진 슬립, 프린트가 화려해 바깥에선 엄두 나지 않는 티셔츠, 고양이나 토끼 그림이 그려진 파자마 바지. 죄다 헐렁거리고 질려 버렸다. 사실 직접 산 옷은 없었다. 있다 해도, 기억에 없는 옷들이었다. 수는 티셔츠를 널면서 이래선 안 되겠다는 생각이

들었다. 숭고한 잠을 맞이하기 위해 작은 노력이라도 해야겠다
고. 긴 팔과 긴 바지 세트로 이루어진. 잠시 현관 앞에 택배 상자
를 주우러 나갈 때에도 떳떳한. 까슬까슬하지 않으면서 부드러
운 재질의. 속옷 없이 입어도 편안한. 짙은 회색 잠옷을 입었다.

그러나 실패했다.

근사한 잠옷은 소용없었다. 오후 동안 땀을 흘리는 운동을 하
고, 따뜻한 물로 샤워하고, 데운 우유를 마셔 보아도 소용없었
다. 그렇다면 무엇이 잠을 도울 수 있을까. 수는 그것이 '편안한
마음'이라고 생각해 본다. 편안한 마음을 준비하려면 누군가 곁
에 함께 누워 있거나, 빨래나 설거지가 쌓여 있지 않으며, 혹은
유보된 약속이 없고, 뒤척일 만한 걱정거리가 없으며, 내일 당
장 나갈 일이 없으면 된다. 그러나 이러한 조건을 모두 달성하기
란 쉽지 않았다.

목구멍이 조금씩 좁아진다. 또 시작이네. 수는 생각한다. 그
럴 때에는 당황하지 않고 창문을 살짝 연다. 아주 미세하게 바람
이 드나들 수 있도록. 하얀색 창문. 두 겹으로 되어 있다. 단, 한
겹만 열어야 한다. 그리고 숨을 쉰다. 들숨에는 교감신경계가,

날숨에는 부교감신경계가 활성화된다. 수는 프리랜서 에디터로 일한 적이 있다. 어느 날, 정신의학과 의사와 인터뷰 하면서 알게 된 지식이다. 실제로 정확한 호흡은 안정제를 먹는 것과 같은 효과가 있다고. 우리가 불안 앞에서 약 없이 할 수 있는 일은 단지 숨을 잘 쉬는 일 뿐이라고.

메모 1 _____ 잠자는 물개들의 뇌(腦)는 두 가지 패턴 사이에서 왔다 갔다 한다. 하나는 바다 모드(at sea mode), 다른 하나는 육지 모드(on land mode). 그런데 물개들은 바다 모드에서 몇 주 동안 렘수면을 생략하는 것으로 나타났다. 그 이유는 뭘까? 연구자들에 따르면, 렘수면이 뇌를 따뜻하게 만드는 역할을 한다고 한다.

메모 2 _____ 해양 포유류는 반쪽 뇌(half-brain) 스타일의 수면 방식을 진화시켰는데, 그 이유는 아마도 포식자에게 공격당하거나 익사하는 것을 막을 만큼의 각성 상태를 유지하기 위해서였을 것이다.

메모 3 _____ 렘수면 상태의 시험 참가자들을 깨워 물어보니, 그들은 종종 생생한 꿈을 꾸고 있었노라고 대답했다.

수는 이를 테면, 반만 잠드는 사람일지 모른다.

뇌 전체가 잠들지 않고, 한쪽 반구만 잠을 자는 물개나 돌고래처럼.

스위치만 딸깍, 눌러도 잠들 수 있다면……. 그러나 허기를 면하는 것도, 죽음을 맞이하는 것도, 잠옷 하나를 구입하는 것도 그리 간단하지 않다. 수가 단잠에 들고 싶은 이유는, 정말 잠이 필요해서가 아니라 잠들지 않으면 죽기 때문이다. 인간이 잠들지 않고 살 수 있다면, 수는 영원히 잠들지 않을 것이다.

수는 종종 몸에 갇힌 느낌이 들었다.
몸은 지루하다. 몸은 거의 두꺼운 사탕 껍질 같다.

사탕 껍질은 사탕을 보호하기 위해 존재한다. 사탕의 온전함을 위해서는 포장지가 필요하다. 그렇다면 몸이 영혼을 보호해줄까. 영혼은 몸 안에서만 존재하는 것일까. 수는 아직 살아 있는 상태이므로 알 수 없었다. 마음은 울퉁불퉁한 사탕. 아무런 색도 맛도 없다. 그렇지만 녹여 먹거나, 씹어 먹을 수 있다. 그 중에서는 절대 녹지 않는 마음도 있다. 그런 마음을 많이 가질수록 좋다. 몸과 마음은 밀착되어 있다. 마음이 아프면, 몸에서 반응이 나타나고, 몸이 아프면, 마음 또한 같은 크기의 고통을 받는다. 한쪽이라도 제 몫을 다하지 못하면 이렇게 단잠은…… 실패하고 만다.

이윽고 검은 형체가 쇄골 부근으로 훅, 끼쳐 온다. 몸과 영혼이 잠시 분리되었다가 다시 붙는다. 잠에 진입하고 싶으면서도 지독히도 잠들기 싫은 한 인간은 한동안 몸서리친다. 잘 자라는 인사는 귀하다. 그만큼 축복을 빌어 주는 인사는 또 없다. 베개에 눕자마자 잠들지 못해도, 언제나 뒤척이며 실패함에도, 나쁜 꿈을 꾸고 울면서 깨어나도, 계속해서 단잠을 시도하고 실패하겠다. 잠든 사람의 얼굴을 보고도 죽음을 떠올리지 않겠다.

ㅇ

수는 처음으로, 시든 꽃을 보며 죽어 가는 것이 아름답다고 생각했다.

경이 어느 날 건넨 꽃다발. 아무 날도 아니었던 어느 날은 그로써 특별한 날이 되었다. 가운데에는 커다란 해바라기가, 주변으로는 연한 분홍빛의 라넌큘러스, 그리고 파랗고 자그만 꽃들이 곁을 지키고 있었다. 깊숙한 내부에는, 물주머니가 있었다.

꽃다발을 거꾸로 들자 걷는 걸음마다 물이 뚝뚝 떨어졌다.

초여름의 공원이었다. 경은 투박한 손으로 도시락을 싸 왔다. 돗자리를 깔고 그 위에 운동화를 올려 두었다. 그늘 속에는 연인들이 저마다 비스듬히 누워 있었다. 모자를 얼굴에 뒤집어쓰고 잠을 청했다. 얼룩무늬 고양이가 눈을 흘기며 지나갔고, 머리 위로 이름 모를 열매가 떨어지기도 했다. 수와 경은 하얀 김치가 들어간 김밥, 딸기와 청포도와 파인애플을 나누어 먹었다. 등 뒤에서 껴안자 경의 귀가 빨개졌다. 그로부터 물 먹은 나뭇잎 향이 났다.

화병에는 오랜 시간 동안 흰 양초가 꽂혀 있었다. 불붙인 적 없는 양초는 깨끗했다. 이제 꽃이 가고 난 자리에는 다시 양초가 들어차 있다. 파란 꽃잎들이 선반에 이리저리 흩어져 있었다. 이불을 털어도, 슬리퍼를 털어도 자꾸만 어디선가 나타났다.

얼마 전, 적금 만기가 얼마 남지 않았다는 전화를 받았고 아버지의 기일이 다가온다는 것을 깨달았다. 시간은 그저 도착하고, 홀연 떠나는 열차와 같다. 그러나 어제의 열차와 오늘의 열차는 다른 모양을 하고 있다. 경이 우연히 같은 칸에 앉아 있는

상상을 한다. 다만 혼자서 발견하고, 그가 내리는 모습을 끝까지 바라보고 싶은 것.

어제와 내일 속에서 머무르기보다는, 단지 내려야 할 역을 기다리는 방식으로. 앞에 선 이의 낡은 천 가방을 바라보며 지난한 시간을 읽어 내는 마음으로. 수는 열차 안에서 바깥으로 산뜻하게 빠져나온다. 이곳에서 내리는 사람은 별로 없다.

문득 어떤 시절이 지나가고 있다고, 수는 생각한다.

가능한 한 단순한 모양새로 걷는다.
귀에 꽂혀 있던 이어폰을 주머니에 넣을 때, 누군가 멀리서 손을 흔든다.

설탕에 푹 절여진 토마토

당신에게,

안녕. 거기 있나요? 나는 여기 있습니다. 여기서 씁니다. 정말이지 살아 있습니다. 나는 봄에 태어났습니다. 3.2킬로그램의 튼튼한 인간으로요. 머리카락이 아주 검고, 마치 어린이처럼 숱도 많았어요. 조그만 배추 인형 같던 갓난아이 시절에는 피부가 너무 하얘서, 약간의 분홍빛이 돌 정도였는데요. 어머니의 말로는 생닭 같았다네요. 이상하고 무섭습니**다……. 아, 그래요. 나**는 한국에서 태어났어요. 세 살 터울의 남동생을 둔 장녀이고, 닭띠입니다. 동물을 먹으면서 자주 죄책감을 느끼고요. 삶 속에서 완전한 비건도, 여성도, 인간도, 그 무엇도 될

수 없다고 여기곤 합니다. 그러나 끊임없이 뒤척이면서 '되어 가는' 중입니다. 온몸으로 시를 받아 내면서요.

언제나 봄을 기다립니다. 더 따뜻해지려면 몇 밤을 더 자야 해요. 내일은 비가 내린대요. 봄비. 봄비 말이지요. 날씨 이야 기를 하고 싶지 않았는데, 미안합니다. 당신은 비 오는 날을 좋아하나요? 나는 반만 그렇습니다. 비 오는 날에는 물방울이 흩어졌다 다시 한 덩어리가 되는 모습을 볼 수 있습니다. 맞아요, 그걸 보려고요. 비가 내리길 기다리고 있습니다. 유리창에 빗금 그리며 떨어지는 비를 보면, 어쩐지 마음이 편안해지거든요. 아래로, 아래로. 세계는 우리를 잡아당기고 있고요. 나는 땅속으로 꺼지지 않기 위해 발가락에 힘을 주고, 물방울의 리듬을 연습합니다.

오늘, 당신에게 비밀 하나 알려 줄게요. 어쩌면 이미 알고 있을지도 모르는, 열린 옷장에서 와르르 쏟아지는 원피스 더미 같은, 그런 비밀 말이지요. 내킨다면 당신도 한 개만 알려 줄래요? 사탕 하나씩 나눠 먹으면 좋잖아요. 달잖아요, 비밀은. 때론 '설탕에 푹 절여진 토마토'처럼 본래의 모습을 잃어버리고, 단단했던 마음도 녹아내릴 것만 같죠. 마음의 표면에 혀끝만 대 봐도 침이 줄줄 흘러요. 지금은 좀 낫습니다만. 더는 버틸 수 없는 지경에 이르렀을 때, 나는 고백하기로 합니다. 친구에게, 친구의 친구에게, 가족에게, 선생에게, 얼굴도 이름도 모르는 불특정 다수에게.

공식적인 첫 커밍아웃은 아마도 스물둘, 소설 창작 수업 시간에서였을 거예요. 기말 과제로 제출할 소설의 글감을 발표하는 자리였고요. 단상 위에 올라가 말했습니다. 네, 저는 퀴어의 연애소설을 써 보고 싶어요. 그러자 선생은 말합니다. 직접 겪어 본 거냐. 네가 아직 어려서 혼란스러울 수 있다. 신중하게, 잘 생각해 봐라…….

―아뇨, 저는 퀴어입니다.

강의실이 술렁였습니다. 나는 개의치 않고 서 있었습니다. 단상이 흔들리더니 점점 높아지기 시작했습니다. 선생은 말했죠. 혹시 혜빈이에게서 이상한 눈빛 느껴 본 사람?
///////////
그러자 강의실이 반으로 쪼개졌고. 아이들은 웃었습니다. 천장에서 전등이 떨어지고, 의자가 구겨지고, 벽면에 금이 가기 시작했어요. 수십 개의 얼굴이 모두 비슷한 표정을 짓고 있던 그때, 한 친구가 손을 번쩍 듭니다.

―저도 퀴어인데요.

강의실이 술렁이다 못해 거꾸로 뒤집혔습니다. 나는 친구

의 정체성을 이미 알고 있었지만, 많은 사람들은 몰랐을 거예요. 그의 단호한 손끝과, 단호한 표정과, 단호한 목소리를 기억합니다. 단상에 서 있던 나에게 보내 주었던 용기를 말이지요. 누군가 손을 내밀면 그늘 속에 혼자 웅크려 있던 사람은 구부렸던 등을 펴고 세상을 똑바로 바라보게 됩니다. 쉬는 시간 종이 울립니다. 모두들 다가와 괜찮냐고 묻습니다. 무엇이 괜찮고, 무엇이 괜찮지 않은 걸까요? 그저 자판기로 걸어가 봉봉을 누릅니다. 시원한 연두색 맛이 나는 봉봉. 청포도인 척하는 봉봉. 아, 달콤해요.

/////////////

다음 장면은 영의 것입니다. 영은 나를 낳은 여자입니다.

#2017년 9월 22일, 거실, 부풀어 오른 저녁

내일 데이트한다며. 재밌겠네. 김치찌개 해 놓을까?

응, 괜찮아. (흰밥을 한 숟갈 뜨며)

할머니한테 말했어?

응, 예전에. (입을 우물거리며)

나보다 더 열려 계시더라. 여자든 남자든, 네가 좋으면 됐다고. (소파 위에 수건을 놓는다.)

당연해. 그래도 고맙지. (물을 한 잔 마신다.)

많이 배웠다. 마음 한결 편해졌어. 그런데…… 할머니는 할머니고, 나는 엄마잖아.

뭐가 달라? (머그컵을 내려놓으며)

이러다 말겠지.

내가?

아니, 나 말야. 시간이 좀 필요해. 나도 이런 내가 싫다. (떨리는 목소리로, 흐느끼며)

속으로 생각해 줘.

말도 못 해?

그래서, 언니랑 헤어지라는 거야? (세모눈을 하고)

노! 아니! 왜 헤어져. 그냥, 아쉬워서 그렇지. 세상 사람들한테 떳떳하게 말하고 싶은데. 그게 안 되니까. 혹시 나 때문에 그래? 아빠랑 갈라서서? 그래서, 남자는 절대 안 만날 거야?

(문 닫는 소리, 암전)

영과 함께 울고 웃으며 보낸 격동의 시기 덕분에 지금은 평화롭습니다. 왜인지 이미 아는 줄로 알았어요. 영과 나는 친구 같은 사이거든요. 그렇지만 짐작하는 것과, 직접 명확한 문장으로 고백하는 것은 다르더군요. 오래도록 고민하다, 참다 참다 재채기처럼 나와 버리는 겁니다. 버티다 버티다 그만, 해 버리고 마는 겁니다. 엄마, 나 사실 그 언니랑 사귀어. 사이좋게 과자를 나눠 먹다가 해 버리는 겁니다. 할머니, 그 애 사실 내 애인이야. 서로 등 긁어 주며 누워 있다가 해 버리는 거고요. 넌 엄마한테 들었다며? 라이터 좀 빌려줘. 아무렇지 않은 척 시치미 떼는 겁니다. 이모, 프로필 사진에 그 친구, 남자 친구 아니야. 여자 친구야. 아마도 그럴 거야. 친구야, 난 정말이지 상대방의 성별은 상관없어. 사람만 좋으면 말야. 그가 남자든, 여자든, 둘 다거나, 둘 다 아니든. 돌멩이든, 나무든, 바람이든. 사랑한다면 말야. 모모 씨, 이쪽은 제 애인이에요. 반가워요. 자리에 계신 여러분, 제 애인 소개할게요. 애인이 뭐냐고요? 그야 사랑하는 사람이죠. 목이 마르네요. 물 가진 분 없나요? 좀 나눠 주세요. 휴지도 있으면 좋아요. 부드러운 걸로요. 아, 예. 무척 사랑해요.

나중에는 먼저 말하지 않아도 이미 알고 있더군요. 결론적으로 커밍아웃이 데려오는 두려움은 나를 무너뜨리지 못했어요. 사랑하는 이들과 부딪혔고, 울었고, 외톨이가 되기도 했지만요. 그 무렵의 꿈이 첫 시집 내기 전에 죽지 않는 거였습니다. 등단작에서부터 무지개의 수신호, 말하면서 말하지 않는 방식으로 시 속에서 자꾸만 드러냈죠. 물론, 아직 모르는 분도 있을 텐데요……. 글쎄요. 저, 티 나나요?

2020년, 첫 시집을 출간했습니다. 여성 시인으로서, 퀴어 당사자로서 정체성을 드러내는 건 이 세계에 나를 내던지는 일이었어요. 이전의 사례가 없었기 때문에 더욱 두려웠지요. 신인문학상을 수상하며 작품 활동을 시작했던 2016년은, 안팎으로 어지러웠습니다. 문단 내 성폭력 해시태그와 미투 운동이 막 일어나던 해였거든요. 미래의 무지개 용사들에게 힘이 되고자 용기를 내야겠다고 다짐했고, 돌아보면 잘했다고 생각해요. 이전에 겪어 보지 못한 사랑을 받으며, 이 세계에 나

혼자가 아니라는 안도감, 전율 가득한 체험 속에 있었죠. 『밤의 팔레트』에서 다룬 감각의 층위들은, 이를테면 겹겹이 쌓여 있어 자세히 들여다보아야 하는 홀로그램 같은 것입니다. 홀로그램은 2D의 형태로서 납작하지만, 각도를 달리해서 살펴보면 입체적인 그림이 보이거든요. '물'이라는 근원적인 상징과 '무지개'와도 맥락을 같이 합니다.

빨강으로 대변되는 이 세계에 우리를 섞으면 이 세계의 끝, 보라에 도달할 수 있겠지요. 늘 기울어진, 경계에 있는, 귀퉁이에 있는 존재들을 조명하고 싶었어요. 어두워서 잘 보이지 않는 것 같아도, 분명히 자신만의 색과 빛을 가지고 그곳에 있는 '밤의 팔레트'처럼. 물방울들은 흩어졌다가 다시 모였다가 또 흩어집니다. 시를 마주할 때, 나의 내부는 떨리고, 요동치고, 내달리고, 쏟아지고, 움푹 꺼지고, 때로는 폭죽처럼 끊임없이 터져 나가고요. 빛을 받아 내는 것처럼, 저항할 수 없는 감각들이 몸을 빌려 발화되어 그저 '쓸 수밖에 없는' 존재가 됩니다.

다시 태어날 수 있다면 무엇이 되고 싶나요. 나는 비, 비가 된다면 좋겠어요. 비 오는 날, 나처럼 창문을 물끄러미 바라보는 사람이 있다면, 그 유리창에 찾아가 미끄러지듯 인사를 하

겠어요. 무엇이든 가능한 사랑의 모양을 보여 주겠어요. 경쾌한 물의 춤을. 침대 속에 파묻혀 나의 존재에 대해 끝없이 생각만 하고 있을 때, 문득 먹고 싶은 프레첼이 생각나 벌떡 일어나는 거지요. 밝은 색의 옷을 주워 입고, 푹신한 운동화를 고르고, 가벼운 마음으로 문을 열고 나설 수 있다면 좋겠어요. 내가, 당신이, 그리고 우리가. 시인의 말처럼 울고 싶을 때 울어도 괜찮고, 힘껏 사랑해도 괜찮고. 다만 서로가 서로의 용기가 되어 줄 때. 우리는 너무 밝은 대낮에도 울 권리가 생기고, 시시한 어른의 보통 삶이란 무엇일까 고민하지 않게 되고, 내가 나인 것을 증명하지 않아도 되고, 버틸 수 없는 질문에는 대답하지 않아도 될 테니까요.

나에게는 가혹하고 타자에게는 관대했던 나날들은 이제 가고, 고소한 빵 냄새를 떠올려 봅니다. 우리는 여기에 앉아 편지를 읽으니까요. 다만 목소리로 이어질 테니까요. 사랑의 미래는 기다리지 않아도 올 테니까요. 아, 비가 내려요. 내 우산 쓸래요? 아니면, 같이 비를 맞을래요?

그러나 무엇이든 사랑해 버리는
강혜빈 드림.

당신 옆의 무화과

"서양에는 무화과나무에 관한 전설이 많다. 특히 『구약성서』에 의하면 아담과 이브가 금단의 열매(지혜나무의 열매)를 따먹고 자신들의 벗은 몸을 나뭇잎으로 가린다는 구절이 나오는데, 이때 쓰인 나뭇잎이 바로 무화과이며, 지혜를 상징하는 나무로 여기기도 한다. 그래서 금단의 열매는 사과가 아니라 무화과라는 설이 나왔다. 이밖에도 번영과 평화를 상징하는 식물로 성서 곳곳에 나오고 있다."

"무화과無花科를 그대로 풀이하면 '꽃이 없는 열매'다. 열매를 맺기 위해서는 수술의 꽃가루가 암술머리에 전달되어야 하는데, 꽃을 피우지 않고 열매를 맺을 수 있을까? 무화과는 어떻게 열매를 맺는 것일까? 무화과꽃은 우리가 아는 꽃 모양과 다르다. 무화과 열매라고 부르는 초록색 열매가 바로 무화과꽃이다. 꽃이 필 때 꽃받침과 꽃자루가 길쭉한 주머니처럼 비대해지면서 수많은 작은 꽃들이 주머니 속으로 들어가 버려 보이지 않는 것이다. 겉으로 보기엔 꽃도 없이 어느 날 열매만 익기 때문에 그만 꽃 없는 과일이라는 이름이 붙었다."[°]

°

오전 7시, 문득 깨어났을 때, 여자는 불길한 예감에 휩싸였다. 옅은 미색의 광목 커튼은 바람에 흔들리고 있었다. 머리맡에는 스윙 핑크 장미꽃 여섯 송이가 꽂힌 유리 화병. 손목에는 검은 스크런치가 감겨 있었고, 새틴 슬립도 여전히 그대로 입은 채였다. 한가로운 수요일, 특별한 약속 없는 여자는 데자뷔처럼, 이상한 아침을 감각하고 있었다. 다시, 데자뷔처럼, 한쪽 눈에서 물이 흐르고 있었다.

두터운 이불 두 겹을 젖히고 화장실 거울 앞으로 달려갔을

[°] [네이버 지식백과] 무화과 (농식품백과사전/우수식재료디렉토리)

50

때, 거울은 여자를 비추었다. 정직하게. 거울은 여자를 왜곡하지 않았다. 그러나 여자는 자신이 어딘가, 분명히 달라졌다고 느꼈다. 여자의 오른쪽 눈에서는 계속하여 물이 흐르고 있었다. 외관상으로 보았을 때, 아무런 변화가 없었지만, 눈앞은 불투명한 비닐을 여러 겹 덧씌운 것처럼 뿌예져 있었다. 날아다니는 꽃가루가 우연히 눈에 들어갔을 때처럼. 찬물을 연거푸 끼얹고, 눈꺼풀을 비비고, 눈알을 헹구고, 깜빡이는 동안에도 오른쪽 눈의 시야는 여전히 흐렸다. 여자는 왼쪽 눈을 감았다 뜨고, 오른쪽 눈을 감았다 뜨면서 두 눈의 풍경을 비교했다.

피사체는 비누였다. 비누는 비누의 몫을 다 하면서 자리에 놓여 있었다. 왼쪽 눈의 비누는 정갈했으며, 오른쪽 눈의 비누는 어긋나있었다. 이 세계와 저 세계를 잇는 통로에 균열이 생긴 것처럼. 여자는 이대로 눈이 멀어버릴지도 모른다는 예감에 차갑게 침착해졌다.

우선, 오늘 자정까지 처리해야 하는 작업들과, 회신해야 할 메시지와 메일들을 떠올려 보았다. 여자는 사진가였으므로, 만에 하나 시력을 잃는다면, 다른 직업을 찾아야하는 상황에 직면하게 될 것이었다. 사랑하는 이들을 한쪽 눈으로만 바라봐야 할 것이며, 반대편 손잡이가 사라진 시소처럼 균형감각을 잃게 될지도 몰랐다. 여자는 차분히 침대로 돌아와 푹신한 쿠션에 기대어 비스듬히 앉았다. 비교적 안정적인 왼쪽 눈마저 퇴화할지도 모른다는 생각에, 눈을 아껴 쓰기로 했다. 눈을 감고, 두 손을 모으고, 사랑하는 이의 얼굴을 떠올리며, 긴 기도 속으로 잠겨 들었다.

○

　삶이 소중하다면, 죽음도 소중하듯이, 사랑이 소중하다면, 미움도 소중하듯이, 보이는 것이 소중하다면, 보이지 않는 것도 소중할 것입니다. 당신의 얼굴을 눈을 감고도 그릴 수 있다는 것은 다행이고, 기쁜 일입니다. 당신의 얼굴을 다시 마주할 수 없게 된다면, 나는…… 많은 밤을 지나, 눈을 감으면 그만입니다. 아직 한쪽 눈이 남아 있다는 것은 나에게 큰 위안이 됩니다. "어떤 사람을 아는 사람은 희망 없이 그를 사랑하는 사람뿐"이라는 벤야민의 말이 떠오릅니다. 어느 시절, 혼자서 한 박스나 먹어 치운 무화과를 떠올려 보면, 마음이 미안하고 편안해집니다.

무화과는 생과로 먹어야 가장 신선하고 맛이 좋습니다. 흐르는 물에 잘 씻어 껍질째로 먹을 수도 있고요. 껍질의 꺼끌꺼끌한 느낌이 불편하면 속살만 파먹어도 됩니다. 저는 최대한 도구를 사용하지 않고 오로지 두 입술과 이를 사용하여 먹는 걸 좋아합니다. 크림치즈를 발라 먹거나, 호밀식빵에 얹어 시나몬 가루를 뿌려도 괜찮아요. 무화과는 사실 별다른 맛이랄 게 없고, 조금은 달콤하고, 조금은 씁쓸하기도 하며, 독특한 풀향이 납니다. 생과는 쉽게 물러집니다. 오래 살기 어려운 과일이므로, 보존하려면 말리거나 잼으로 졸여야 합니다. 손가락 사이로 물이 줄줄 흐르는 무화과를 나눠 먹을 수 있는 사이라면, 어쩐지 꽤 친밀한 사이겠다고, 나는 생각합니다.

꽃잎이 없기 때문에 '안갖춘꽃'이라는 무화과는 처음부터 꽃이 없었던 것이 아니라, 단지 안으로 피는 것이랍니다. 아담과 이브가 에덴동산에서 쫓겨날 때 벗은 몸을 가린 나뭇잎을 아시나요. 햇빛 좋은 수요일, 나는 창을 활짝 열고, 침대에 앉아 드넓은 평원을 떠올립니다. 당신이 들려준 디오게네스에 대한 이야기를요. 그가 일광욕을 하고 있을 때 알렉산드로스 대왕이 찾아와 소원을 물으니, "위대한 왕이시여, 지금 당신은 나의 따뜻한 햇볕을 가리고 있으니 옆으로 한 발짝만 비켜

서 주십시오."라고 대답했다죠. 나는 신을 믿지 않지만, 기도를 할 수는 있습니다.

　나의 오른쪽 눈이 다시 돌아온다면,
　그럴 수 있다면, 당신을 만나러 가야겠습니다.

○

　여자가 눈을 떴을 때, 침대 밑에 무화과 두 알이 놓여 있었다. 사방은 온통 검었다. 눈을 감고, 다시 본다. 왼쪽 무화과는 작고 오른쪽 무화과는 보다 크다. 왼쪽 무화과는 보랏빛을 띠고, 오른쪽 무화과는 듬성듬성 연둣빛이 돈다. 여자는 한쪽으로 손을 뻗었다. 작은 무화과였다. 여자는, 왼쪽을 선택했다. 껍질을 벗겨, 조금씩 베어 먹는다. 창 밖에서 차체를 끄는 것 같은 굉음이 들려왔다. 여자는 웅크린 채로 무화과를 먹고, 덜 익은 나머지 무화과는 남겨 두기로 했다. 누군가 현관문을 두드린다. 나직하게. 여자는 찾아올 사람이 없는 것을 알면서도, 일말의 기대감을 품은 채로, 벽을 더듬어 문 쪽으로 다가간다. 사방은 역시, 검었다.

여자는 누구세요, 물었다.

문 밖의 사람은 있어? 라고 되묻는다.

여자는 없어요, 대답하고,

문 밖의 사람은 나야, 대답한다.

여자가 문고리를 돌려 열었을 때, 눈부신 빛이 집 안으로 쏟아졌다. 하얗고 기다란 형체를 가진 존재는 여름의 절정으로부터 건너온 것처럼 투명했다. 그는 신발을 벗고 들어와, 집 안의 전등을 하나씩 켰다. 여자는, 입술을 닦고, 하나 남은 무화과를 가리켰다.

다섯 번째 편지

×

딱딱한 복숭아

1. 파이브 잡(five-job) 인간의 생활

　※ 다음 보기 중에서 가장 슬퍼지는 일을 고르시오.

　a) 시인

　b) 사진작가

　c) 마케팅 팀장

　d) 강사

　e) 불문학도

K는 다섯 가지 직업을 가진 인간이다.

이 세계에서는, 아쉽게도 인간이다.

이런 인간 처음 봤죠? 저는 처음 봤어요.

이전에 본 적 있다면, 랜선으로 어깨를 토닥여 드립니다.

K는 일단 서두른다. 또 다른 '나'를 입고, 오전 10시까지 출근해야 하므로.

아침에는 씹어 먹는 비타민 세 알과 오메가 젤리 두 알, 신선한 과일을 먹는다. 대부분 방울토마토나 사과대추, 하얀 복숭아 같은 것이다. 제철 과일은 맛 좋고, 살다 보면 다양한 분파들을 만난다. 참고로 K는 물렁물렁 말랑말랑 복숭아파 사이에 쓸쓸한 딱딱한 복숭아파에 속해 있다.

그렇다면 당신은?

이 계절에 먹은 복숭아는 모두 물컹하고 물렀다. 그리하여 손에 단물이 줄줄 흘러내렸고, 앉은자리에서는 차마 해치우지 못해 탕비실에 서서 우물거려야 했다. 물론 더할 나위 없이 부드럽고 촉촉하다. 물 많은 복숭아의 아름다움을 아는 당신의 안목 또한 아름답다. 그러나 K는 편의성 면에서 상큼하고 깔끔한 '딱복'을 찾게 된다. 아삭아삭 식감 좋은 탓에 혼자서 먹는 편이 좋지만.

생활하는 사람 a living person (2020)

탕수육 소스 운용법. 찍어 먹기, 부어 먹기, 심어 먹기까지. 민트초코와 하와이안피자 논란도 이미 지루하다. K는 좀 더 신선한 논의와 분파가 나타나길 기다린다. 너는 그렇구나, 나는 이래! 하면 재미없는 세상. 호불호와 다름에 대해 치열하게 부딪히는 세상. 차이점에 대해 이야기하다 보면 아마 평생 밤을 샐지도 모른다.

인간은 자기중심적인 특성 때문에, 자신과 다르면 일단 이상하게 보곤 한다. K 또한 인간이므로, 그렇게 생각한 적 있다. 내게 무해하고 귀여운 고양이도 누군가에겐 두려운 맹수일 수도 있듯. 이해되지 않음으로써 우리는 서로를 이해할 수 있다. 같은 아이스크림 컵에 담긴 민트초코를 친구가 싫어하면, 내가 다 먹으면 된다. 하와이안피자 위에 놓인 뜨끈 달콤한 파인애플은 좋아하는 친구 다 주면 된다. 우리는 다름으로부터 타협을 배울 수 있다. 퍼즐을 맞추어 가듯이. 각자 좋은 거 하면서 살면 된다. 만약 좋아하는 게 같다면? 호들갑 떨면서 같이 좋아하면 된다. 논의는 투쟁이 아니다. 그 다음엔 무엇이 있을까? K는 호시탐 탐 노려본다.

가끔 일찍 채비를 마치고 나설 때에는, 빵집에서 콥 샐러드나 요거트 같은 걸 산다. 일찍 일어난 새 인간들에 의해 샐러드가 동나면 플랜-B로 변경. 호밀샌드위치와 두유를 산다. K는 스무 살 때, 식품영양학을 전공한 적 있다. 때문에 영양소를 따져 먹는 것은 습관이 되었지만, 그것도 머리에 힘주고 살지 않으면 그냥 맛있는 걸 먹게 된다. K의 삶은 어쩌면 시즌 제도다. 시즌 1에는 건강식을 유지하는 바짝 비건 인간이 되고, 시즌 2에는 아무튼 그냥 맛있으면 장땡 인간이 된다. 가끔은 주사위 던져서 나오는 숫자대로 사는 인간이 되기도. 시즌 3에는…… 뭐가 될지 아무도 모른다.

미루던 운동을 다시 시작했다. 이 결심 또한 시즌 제도로 운영된다. 운동이란 무릇 그런 거 아닌가. 하면 좋은 걸 알지만 습관이 되지 않으면 쉽게 그만두게 된다. 근육은 쓰면 쓸수록 단단해진다는데, 딱딱한 복숭아는 어떤 근육으로 이루어진 걸까? 습관이 무섭다. K의 신조는 무언가를 이루고 싶거나 하고 싶을 때, 습관부터 만들자는 것이다. 그래서 일단 시작하고 보기로 한다. 뇌가 생각이란 걸 시작하기 전에, 일단 몸을 먼저 움직인다. 그래야 미루는 것을 멈출 수 있다. 이것은 스트레스와 완벽주의에 대한 두려움을 피해 미루고 또 미루던 K의 지난날에서 얻은 팁이자 빅데이터다.

이전 회사를 다닐 때에는, 퇴근하고 필라테스를 했다. 기구 필라테스나 1:1 강습은 너무 비싸서, GX로 수강하는 단체 수업을 들었다. 게다가 체험해 보았던 개인 강습은 조금 부담스러웠다. 선생님이 너무 바짝 붙어 있거나, 집중된 상황은 무언가 그렇다. 자세를 봐주려면 어쩔 수 없지만. K가 배운 것은 매트 필라테스로, 선생님과 수강생들 사이에 거리감이 있었다. 스스로 몸의 체중을 이용하는 동작들로 진행되었다. 선생님이 돌아다니다가 K의 자세를 보고는 칭찬을 종종 해 주신 걸 보니 본인도 모르는 소질이 있던 모양이다. 필라테스가 즐거웠던 건 무엇보다 선생님의 우렁찬 목소리가 좋아서였다. 약간 긁히는 쉿소리가 나는 허스키한 목소리. 운동하는 여성을 가까이서 볼 일이 없어서인지 멋지게 느껴졌고, 하루 종일 시달린 노동의 스트레스를 잠시 잊을 수 있었다.

몸을 움직이면 단순해진다. 단지 근육과 자세, 호흡에만 집중하는 동안에는 아무런 생각도 없다. 그저 살고 싶을 뿐이다. 선생님은 악마인 게 분명해, 음모론을 펼치지만. 운동이 끝나고 나면 땀에 젖은 수건마저 아름다워 보인다. 따뜻한 물로 샤워하고 나면 복잡했던 생각도 씻겨 내려가고, 정리가 된다. 그래서 K는 의욕이 생기지 않거나, 마음 에너지가 바닥을 칠 때 일단 샤워를 한다. 목에서부터 등까지 흘러내려 가는 물줄기에게 기분을 맡겨 본다. 그러고 나면 절반 이상의 확률로 조금은 누그러진다.

아무튼 그렇게 즐거웠던 필라테스 생활은, 이직을 하면서 그만두었다. 그리고 이번에는 웨이트 트레이닝을 시도하기로 했다. 퇴근하고 역에서 내리면 바로 보이는 여성 전용 피트니스 센터다. 아주 높은 강도로 하루에 30분만 운동하면 된다니, 이만큼 효율적인 것이 또 있을까. 짧고 굵게 가자. 반신반의 했지만 근육왕이 되고 싶다는 비장한 각오로 3개월을 등록했다.

회사로 돌아온다. K의 직책은 마케팅 팀장. 어쩌다보니 입사 후, 1년도 되지 않아 빠르게 승진을 하게 됐다. 직속 상사분이 시키지 않은 일까지 알아서 착착 해내는 일중독 인간을 알아본 것이다. 쓸데없이 눈치 빠르고, 나서서 일 잘하는 사람은 뭐든 떠안게 되는 구조다. K는 조별 과제를 할 때에도 항상 조장을 도맡았고, 프레젠테이션 또한 완벽하게 완성시켜야 직성이 풀렸기 때문에 일에 매몰되어 돌아가는 스탠스가 익숙했다. 학부 시절엔 과대표를 해 본 적도 있다. 지금 돌아보면 정신 건강에 무척 나쁜 영향을 미친 사건이라 약간 회한이 몰려오지만, 그래도 좋은(나쁜) 경험이었다, 라고 퉁치자.

K는 이번 생에 계획형 인간으로 설계되었다. 사실은 즉흥적 인간이었던 시절도 있다. 직장 생활을 하면서 변모한 것이다. 조금 보태어 말하면 사회에서 살아남기 위해 진화한 것이라 볼 수 있다. 업무를 시작하기 전, 우선 시간대 별로 계획을 세운다. 급하고 중요한 순서대로 처리하고, 동료들에게 일거리를 나눠주고, 그들의 스케줄을 관리하며, 새로운 이벤트와 행사를 기획하고 많은 이들과 대화한다. 영상 컷 편집본에 대한 코멘트

를 주고, 한 달에 세네 번쯤, 외근을 나가기도 한다. 나가서는 인터뷰를 하거나, 사진이나 영상을 촬영하고, 직원들에게 마케팅 교육을 한다. 그렇다. K는 파이브 잡 인간이기도 하지만, 파이브 툴 플레이어이기도 하다. 회사에서는 노동자로서 주어진 임무만 수행하면 되었는데, 점점 잘하고 싶어졌다. 이 망할 놈의 열정!

짬이 나면 매일 비슷하지만 자세히 보면 미묘하게 다른 친구들의 일상을 듣는다. 근무 중에는 무엇이든 재미있다. 그냥 벽만 보고 있어도 재미있을걸. 그래도 할 일 없이 앉아 있는 건 딱 싫어한다. 할 일 있을 때, 은은한 죄책감을 느끼면서 딴짓하는 게 세상 재밌다. 퇴근 시간은 오후 7시만, 정시에 일어서는 일은 거의 없다. 어느 날에는 불 꺼진 사무실에 혼자 남아 밤까지 앉아 있다가, 이상하게 서러워서 눈물을 줄줄 흘린 적도 있다.

퇴근길에는 아무데나 서서 구름을 본다. 오랫동안 본다. 버스 정류장으로 가는 길목에 커다란 나무가 한 그루 있는데, 껍질은 흰색이고 군데군데 거뭇하게 벗겨져 있다. 아주 거대한 세계를 마주하는 기분. 무언가 압도되고 빨려 들어가는 기분에 몸과 마음이 많이 소진된 날에는 일부러 나무를 피해서 걸었다. 자꾸만

K에게 무언의 신호를 보내는 것 같아, 나무를 보고 시를 쓴 적이 있다.

집에 돌아오면 새로운 출근이다.
와, 신난다!

시 쓰고 산문 쓰고 사진 작업을 한다. 일주일에 한 번은 과외를 하고, 또 주말에는 시 수업을 하러 합정에 가고, 스튜디오로 촬영도 종종 하러 간다. 잊지 말아야 할 것은, K는 불어와 불문학을 전공하는 학생이라는 점이다. 우선순위를 잘못 둔 바람에 F학점을 맞는 기쁨을 누리기도 했다. 그리하여 한 해 늦게 졸업하게 되었다. 그나저나 K는 어떻게 살아 있을까? 그의 몸은 몇 개일까? 모르겠지만, 확실한 것은 그는 인간이라는 점이다. 만나는 사람마다 묻는다. "많이 바쁘시죠?"

2. 과도기 인간의 생활

그런 날이 있다. 거울 속 모습이 하염없이 낯설어지는 날. 싱겁고 정갈한 음식을 먹고 싶은 날. 투박한 꽃다발과 손 편지를 받고 싶은 날. 마음 나눈 동료들이 하나 둘 떠나가고, 속수무책 비는 내린다. 좋아하는 노래와 좋아하는 음식과 좋아하는 영화

와 좋아하는 모든 것들이, 너무 선명해졌다가 이내 물에 젖은 듯 흐릿해진다. 아직도 비가 오나요? 내일은 맑을까요? 주말에는 한강에 가시나요? 그런 물음들도 떠내려간다. K의 자리에는 여러 가지 향의 핸드크림이 있다. 기분에 따라 이것을 바르고 저것을 바르고. 그러다 보면 해가 진다.

오늘은 프라하에서 산 맥주 핸드크림을 발랐다. 스스로 손을 너무 자주 씻는다는 걸 알고 있지만. 그 정도는 너그러워질 수 있다. 여름날의 공기는 축축하다. 물기들과 친해지려 했으나 실패했다. 싫은 것들을 싫어하지 않기 위해서는 많은 날들이 필요하다.

여전히 구름들은 예민하다. K는 날씨의 영향을 받지 않는 인간이 되고 싶었다. 날씨 이야기를 하지 않는 인간이 되고 싶었다. 혼자서 가는 퇴근길, 사람들은 울적한 우산들을 잃어버린다. K는 언제나 가진 우산이 없다. 발아래 흐르는 빗방울마저 안타깝다. 이토록 사랑 많은 인간은 또 다른 장면들을 사랑하기 시작하겠지. 말하지 않아도 알 수 있는 것들을 굳이, 굳이 말하고 싶었다.

K는 불가능할 것 같던 마감을 한다. 이런 날은 잦다. 어쩐지 살아 있음이 새삼스럽다. 다른 사람들은 어떻게 살아 있을까? 가끔 숨 쉬는 법을 잊어버리고, 엇박자로 걷다가, 돌연 모든 것이 선명해진다. 세계가 너무 흐리멍덩하고, 멍청이 같다.

영혼 한 방울에 어떤 얼굴은 지워지고, 두 방울에는 원점으로 돌아와 조용해진다. K의 모서리 어느 한 부분은 뭉툭해졌다. 시간이 지나면 또다시 자라날, 모서리와 함께. 여름 내내 시 일곱 편을 썼다. 호흡과 리듬이 머리카락처럼 손톱처럼 자란다. K는 자주 다르다. 어떤 이는 볼 때마다 다른 사람이 되어 있는 것 같다고 말했다.

인간은 기억함으로써 어제들을 차곡차곡 쌓아 둔다. K는 손에 잡을 수 있고, 오랫동안 곁에 두고서 회상할 수 있는 물건을 좋아한다. 자주 쓸 수 있는 안경이나, 옷이나, 신발, 반지 같은 것들. 늘 어딘가에 기억을 심어 둔다. 계속 되풀이해서 너덜너덜해진 기억들도 있다. 물건들도 그저 물건으로 남는다. 시간이 오래 흐른 뒤, 어떤 장면이 진실이었는지 알 수 없게 될 때가 있다. K는 혼미해지지 않기 위해, 감정에 동요하지 않고 차분히 바라보는 연습을 해 왔다. 어떤 말을 한 사람은 사라지고, 그는 남아 있다. 기억하지 않으면 그 말들도 사라진다. 과거에 살고 있는 아이들을 오늘로 데려오자. 검은 생각이 내부를 갉아먹기 전에. 너무 투명한 유리벽은 실수로 부딪힐 수 있다.

다만 달고 긴 잠을 잘 수 있기를. 부드러운 입술로 사랑을 말할 수 있기를. 어렴풋이 해가 밝아 오는 이 시간이 두려워지지 않기를. 오지 않은 미래는 알 수 없지만. 무지개가 반짝일 거라고 믿기를. 그렇지 않으면 K는 삶을 지탱할 자신이 없었다. 연인의 눈꺼풀이 나의 눈꺼풀이 되어 버릴 때. 모르게 흔들리는 나무를 보며 제목을 짓고 있을 때. 옆방의 통화 소리가 물속에서 들리는 것 같을 때. 이러다 죽을지도 모른다는 기분이 뭔지 너무 잘 알겠고. 사람이, 사랑이, 삶이 아름답고 탁했다. 창을 열고. 빗소리를 듣는다. 바깥 어딘가 지나간 내가 비를 맞고 있을 것 같다.

잠이 쏟아진다.
그러므로 모든 것은 기분에 불과하였다.

3. 안정 인간의 생활

K는 오로지 스스로에게 집중할 수 있는 공간을 갖고 싶었다. 자신이 가진 것을 필요로 하는 이들과 나누고, 시와 사진만 생

각하며 살고 싶었다. 산책도 하고, 늘어지게 영화도 보고, 가끔
은 심심함을 느끼고 싶었다. 번아웃이 왔다는 것을 인정하고
싶지 않아서 더 열심히 뛰어왔다. N잡 생활 1년 차에는 기뻤고,
2년 차에는 여유가 생겼으며, 3년 차에는 이러다 죽을 수도 있
는 거 아닐까 생각했고, 4년 차에는 삶의 전반을 다시 돌아보게
되었다.

완벽함이란 실제로 존재하는 것이 아닌, 허상에 불과하다. 그
저 스스로 세운, 자신만의 기준일 뿐이다. 열정은 원동력이 되
어 움직이게 하지만, 인간의 에너지는 유한하다. 그것을 간과해

서는 안 된다. 그래서 노동과 학업 또한 우선순위를 매긴다. 지혜롭게, 슬기롭게, 짜릿하게. 자신 있게. 무엇보다 우선이 되어야 할 것은 '건강'이라는 것을 깨달으며, 사랑하는 이의 죽음을 겪으며. 마치 아주 높은 곳으로 올라가 세계를 내려다보는 기분이 된다. K는 어느 날, 퇴사를 결심한다.

K는 낯선 종류의 자유로움을 경험한다. 인간관계에서, 언어와 호흡 속에서, 생활 루틴에서, 감정 컨트롤 부분에서. 다방면으로 안정적이고 환하다. 0에 수렴하는 느낌. '인생 어떻게 될지 모른다'라는 마인드로 지낸다. 예상치 못한 변화를 마주할 때 큰 도움이 된다.

무엇이든 좋아하는 일을 꾸준히 묵묵히 성실하게 해 나가면 어떤 형태로든 발전한다. 힘겹고 지난한 어둠 속에서도 '나'를 잃지 않고 삶의 반짝이는 이면을 바라보는 이들을 응원하고 싶다. 내일이 기대되는 멋진 친구들이 많이 생겼다. 사랑의 힘으로 겸손하게, 나의 길을 가야지. K는 다짐한다. 죽음의 시절을 건너 온 사람으로서 마주하는 세계는, 산뜻하고 달다. 이전의 그림자가 있었기에 가능한 일.

자유롭다.

"건강한 삶이 점점 내 것이 되어 간다."

그렇게 쓰면 정말 그런 것 같아진다. K는 여전히 세계를 밀어내고 있지만, 동시에 나아가고 있다. 햇빛 아래 서면, 스스로 체감하는 '나'는 매우 가볍다. 긴 횡단보도에 서면 앞을 똑바로 바라볼 수 없어서 바닥을 보고 걸었다. 주먹을 꼭 쥐고. 건너편으로 가 보자. 조금만 더 가 보자. 타이른다. 세계가 나를 쥐고 흔들기 시작한다. K는 점점 오기가 생긴다.

미안하지만 아직 안 죽어.

여섯 번째 편지

×

참외주스가 있는 테이블

당신에게,

처음 만나는 사람으로부터 미니 스투키를 선물받았습니다. 비 맞으며 집으로 돌아가는 길이었어요. 화분 위의 작은 돌들을 흘리지 않으려고 애쓰느라 에너지를 다 써버렸지요. 흔들리는 전철 속에서 한껏 중심을 잡고 있었습니다. 결국 집에 거의 다 와서야 돌을 조금 쏟았고, 돌을 쏟고 나니 오히려 홀가분했습니다. 나도 모르는 새 흘러 나간 조그만 돌들이 사람들의 발바닥 밑을 굴러다닐지도 모릅니다. 우산이 없을 땐 비를 맞으면 된다는 생각으로 삽니다.

세상 같은 건 더러워 버리지만 결국에는 선함이 이긴다고 믿습니다. 포옹과 포용의 힘을 믿어요. 아이들과 수업하면서 나는 전보다 폴짝 넓어졌습니다. 어른들 안에도 웅크린 아이들이 살고 있어요. 그러니, 훨씬 더 많은 사랑이 필요해요. 인간은 취약하고 유약하거든요.

다정함은 귀합니다. 충분한 잠과 양질의 탄수화물 또한 그렇습니다. 경험에 근거하여 분명한 사실입니다. 그런데 컨디션 난조에도 다정을 끌어 쓴 날에는 무언가 초능력이 생기는 것 같아요. 웨이트 트레이닝 할 때 한 세트만 더……! 하는 느낌이랄까. 혼곤한 상태에서도 다정하기 위해서 애를 쓸 때. 누군가에게 나의 노력이 용기가 될 때. 나는 완전히 회복됩니다.

담당 학생들이 선물한 그림을 모으고 있습니다. 나중에 요리사가 되고 싶은 신우는 그림을 그릴 때 가장 진지합니다. 나를 그릴 땐 꼭 파란색 마카로 그려요. 그만의 그림체가 있습니다. 너무 좋아서 SNS 계정의 프로필로 한참 바꾸어 두었어요. 남자 버전의 나, 단발머리 나, 헐크 같은 나. 수많은 나들을 그려줍니다. 짝짝이 눈과 미묘하고 잔망스러운 미소가 좋아. 자꾸만 들여다보게 됩니다.

여름의 수국과 묵사발. 마감 책상과 기념하는 모찌리 도후. 축하하는 날들과 다가올 환대. 장마 속에서 발견하는 아가미. 오늘로 심리상담을 종결했습니다. 예술가 지원으로 받은 것 인데요. 여덟 번을 남기고 중도에 그만 두기로 했어요. 상담사 선생님께 더는 말할 것이 없어졌기 때문에……. 그건 좋은 일 입니다.

어느 밤에는 호숫가를 걸었고, 오랜만에 피아노를 연주했 고, 쏟아지는 버드나무를 보았습니다. 돌아와 가벼운 감기를 얻었죠. 가끔은 황홀한 일이 생길 것만 같은 예감에 휩싸입니 다. 기적 같은, 운명 같은, 믿어보고 싶은 일이. 이름 모를 누군 가의 피아노 연주를 음미하면서. 이름 모를 누군가가 그린 벽 화를 보면서. 카디건을 엉거주춤 걸치면서. 코를 훌쩍이면서. 뛰어가는 아이의 뒷모습을 바라보면서. 문득. 미래가 바뀌는 순간을 감지합니다.

작별을 결심한 나무는 더 아름답게 흔들리고 있었습니다.

나는 나무 중에 버드나무를 제일 좋아해 말했고.

당신은 나도,라고 말했습니다.

좋아해?

좋아해.

돌멩이를 잃어버린

강혜빈 드림.

○

어느 여름, 여자는 침대에서 일어나 이불을 정리한다. 1) 침대에서 일어나고, 2) 이불을 정리하는 일이 쉬워지기까지 오랜 시간이 걸렸다. 여름을 사랑하게 되기까지 오랜 시간이 걸렸다. 여름 속에서, 여름의 절정을 선명하게 감지할 때가 있다. 여자의 목표는 자신이 가진 물기를 털어내는 일이었다. 건조하고, 담백하고, 아무런 향도, 맛도 나지 않는 사람이 되고 싶었다. 바스락거리는 광목 테이블보처럼, 하얀 대리석 테이블처럼. 여자는 일어나, 바구니에 가득 찬 빨래를 야무지게 털어 널고, 접시를 닦고, 스스로를 먹여 살리기 위해 하고 싶지 않은 일들을 처리한다. 그러고는 밖으로 나선다. 오랫동안 읽지 않아 먼지가 쌓인 몇 권의 책을 들고.

대문을 열고 나서, 몇 걸음 떼지 않았는데, 막 개업한 카페가 눈에 띈다. 테이블이 단 한 개 놓인 작은 카페다. 메뉴판을 훑는다. 여자는 대개 안전하고 지루한 선택지와 위험하고 새로운 선택지 중에서 후자를 고르는 사람이었다. 선택은 높은 확률로 실패했다. 실패할 줄 알면서도 새로운 메뉴에 대한 도전을 멈출 수 없었다. 한 번도 먹어 보지 않은 참외주스를, 순전히 호기심만으로 주문한다. 가게 주인은 두건을 썼고, 바쁘고 젊어 보인다.

　노래 좋네요. 한마디에 얼굴이 환해지며, 카페 이름이 적힌
노트 하나를 건넨다. 여자는 눈앞에 놓인 참외주스와 노트를 번
갈아 본다. 무언가가 만들어지기 직전의 순간은 아름답다. 무언
가 발화되기 이전, 공기를 가르는 미세한 진동을 느낀다. 새로
운 실패의 주인공이 된 여자는 한 편의 시를 쓴다. 그것은 놀랍
게도 최초로 즐거운 경험이었으며, 그간의 괴로움이나 회한이
한 방울도 섞이지 않은 사건이었다. 여자는 실패함으로써 비로
소 가능해진다. 마음에 축축하게 남은 물기를 털어 내고, 맑은
얼굴로 일어나, 자리를 떠나기 직전까지 카페에는 아무도 들어
오지 않았다.

　여자는 이후 동네를 떠났다. 1년이 흐르고 다시 찾았을 때, 카
페는 온데간데없고, 남은 것은 공터였다. 공터에 서서 아무렇게
나 놓인 철근을 바라보았다. 여자는 자기 자신이 공터가 되었다
면 좋겠다고 생각했다. 여자는 봄으로부터 여름을 기다린다. 봄
바람이 이불을 차갑게 식히는 침대에서 일어나, 침구를 정리하
고, 책상 앞에 앉는 프로세스는 간단하고 어렵다. 성실한 반복
과 수행을 위해 여자는 어제를 돌아보지 않는다.

겨울과 여름 사이에 걸친 봄은 너무나 잔혹해서 자주 슬퍼진다는 사람의 말을 되뇌어 본다. 여자는 그 마음을 알 것 같으면서 영원히 모를 것 같다. 참외의 씨를 걷어 내지 않고, 꼭꼭 씹어 먹는 사람을 알고 있다. 제철 과일처럼 한순간 빛났다 스러져 자신의 계절이 다시 오길 기다리는 사람을 알고 있다. 여자는 지금, 소금과 우유와 설탕과 참외의 비율이 완벽하게 어우러진, 성공한 참외주스를 마시고 싶다. 그러나 카페는 사라졌고, 주인이 건네준 노란색 노트만 남아 있다. 여자는 여름으로부터 여름을 기다린다.

×

연체된 마음

당신에게,

　지금으로부터 10년 전이었어요. 시험공부만 하러 가던 도서관에서, 진지하게 앉아 시집을 읽게 된 건. 오늘은 도서관에 앉아 무언가를 읽던, 혹은 도서관 근처를 배회하던 어제의 '나'들을 꺼내 와야겠습니다. 10대 시절, 자습 시간이나 야자 시간이 되면 꼭 책을 읽었습니다. 학교 도서관이 없었다면 나는 몹시 슬펐을 거예요. 주로 소설을 읽었는데요. 도서관에서 우연히 처음 시집을 집어 들고, 시를 읽으면서는 자꾸만 웃음이 나왔지요. 분명 한국어로 쓰여 있는데도 문장들을 온전히 이해할 수 없었어요. 정교하고 위태롭게 열려 있는 세계로. 이끌리

듯 빨려들어 갔어요. 문장들이 '결국 당신은 날 사랑하게 될걸' 속삭이는 것도 같았어요. 그래요. 그랬던 시절이 있었어요.

　도서관에는 늘 혼자 갔어요. 여름 방학이었습니다. 서가를 거닐면 숲에서 보물찾기를 하는 기분이에요. 숫자로 나누어져 있다는 게 썩 마음에 들진 않지만요. 총 4층으로 이루어진 성남중원도서관. 건물 옆에는 주차장과 흡연 구역이 있습니다. 백팩을 멘 학생들이 무리지어 드나듭니다. 나에게는 역시 어문학 도서가 있는 제2문헌정보실이 가장 익숙하지요. 서가 중간중간 테이블과 의자가 있는데, 테이블에는 책 읽는 사람들이 드문드문 앉아 있습니다. 그들을 관찰하며 메모를 끼적이기도 했어요. 스케치하듯이. 그러니까, 빠르게 크로키를 그리듯이. 누군가는 코를 골며 졸고, 누군가는 요란하게 페이지를 넘기고, 누군가는 껌을 씹고, 누군가는 돌처럼 가만히 앉아 몇 시간이고 책을 읽습니다. 저마다 읽는 책의 제목도 다릅니다. 그로부터 그 사람을 어렴풋이 감각해 보기도 합니다. 나는 세네 권 남짓의 책을 쌓아 두고, 한 권씩 해치우듯 읽습니다. 잘 만든 요리를 먹듯 음미하면서요. 느리지만 치열하게. 오른손으로는 무언가를 적고, 또 적고. 그로부터 파생된 물음표들에 나름의 답변을 달아 주면서. 나의 세계는 조금씩 넓어지고 있었습니다.

도서관에서 읽었던 책을 중고 책방에서 반값 주고 산 적 있습니다. 커버를 열자 누군가에게 쓴 서명이 있었죠. 당신에게, 당신을 생각하며 선물하는 책입니다. 당신을 사랑하는 아무개 드림. 당신은 왜 팔았을까요. 다양하고 시시한 이유들을 생각하며 아끼는 책장에 꽂아 두었죠. 방에는 그러그러한 책들이 하나둘 쌓여 갔어요. 마지막에는 새걸로 사들이는데요. 이틀이 걸려 도착했고 상자 귀퉁이는 찌그러져 있었어요. 다행히 책은 무사했습니다. 빳빳한 새 종이의 질감은 낯설었어요. 누군가 한 번도 읽지 않은 책. 어쩐지 소중히 다루어야 할 것 같아서. 책과는 먼저 도서관에서 만나고, 다시 헤어지고, 마음을 충분히 나눈 후에는 영원히 함께하게 됩니다. 그리고 나의 최후는, 책을 마구 모으는 어른이 되었다는 이야기. 읽지 않은 책들이 쌓여 갑니다. 깨끗한 책들은 눈을 끔벅이며 커튼 뒤로. 창문에 띄엄띄엄 적힌 제목들을 읽습니다. 형용사는 창틀에 끼이고, 명사는 모서리에 눌어붙습니다.

나보다 훨씬 어른인 시집에 대한 명상을 시작해요. 정갈하게 누워 있는 시집. 잠도 안 자고 말 거는데. 도서관에서는 대출 중, 동네 작은 책방에선 외출 중. 대형 서점에서 드디어 바쁜 당신을 만났군요. 혼자 얼마나 오래 꽂혀 있었는지 앞쪽 열 페이지가 떨어져 나갔더군요. 저 세계를 거칠게 다룬 사람들은 누구일까요. 이제 한동안은 지하철에서, 화장실에서, 침대 맡에서 함께하게 될 텐데. 온전히 가질 수 없는 문장들. 나는 반점과 온점 사이를 기웃대고. 자꾸만 허기지는 느낌에 곤란해지지만 좋아요. 당신처럼 나도 바퀴를 보면 굴리고 싶거든요. 길 위에서 보이고, 안 보이는 모든 것들……. 변두리에서 변두리로 달리는 기차. 거기 계절이 있고 사람이 있군요.

2016.06.02.19:43 메모 ＿＿＿＿ 여름밤. 향수가 뿌려진 편지. 풀벌레. 모르는 망고주스. 까칠까칠한 토끼 스티커. 눈을 숨길 수 있는 부채. 초록색 바람. 잠깐의 침묵. 혼자서 깨진 보도블록. 견딜 수 없이 내가 시를 쓰게 만드는 것들.

시를 만난 이후부터, 밥 먹고 잠자는 시간을 쪼개어 시집 읽을 때부터, 시에 미쳐서 시만 생각할 적부터, 쓰지 않으면 아팠어요. 실제로 어떤 증상이 있거나 까닭이 있는 게 아니라 단지 아프다는 감각만이 남아 있는 것이지요. 몸속 캄캄한 곳에 묻어 둔 얼굴이 저마다 뒤틀리고 있는 느낌. 뼈가 반대로 자라거

나 피가 나쁘게 흐를 것 같은 느낌. 아프다는 생각은 그것에서 그치지 않고 내가 곧 죽어 버릴 것처럼 느껴집니다. 버스 정류장에 서 있는 사람들은 눈으로 도로 끝을 더듬는 중인데 나는 옅어지고 있는 나를 더듬고요.

자주 밤 산책을 나섰습니다. 여름맞이 암막 커튼을 새로 달았고요. 로로스와 5밀리그램, 그리고 사비나 앤 드론즈를 들었습니다. 고양이의 혓바닥에 대해 생각했습니다. 피아노를 열고 흑건을 하나 뽑았습니다. 둥글게 말린 하루를 일직선으로 펴 주다가 실패했습니다. 너무 정갈한 연애편지를 태워 버렸고요. 우산을 좀 더 세련되게 펼쳐 보았습니다. 나는 왜 모르는 언니들이 보고 싶었을까요. 2016년의 컬러 트렌드는 로즈 쿼츠와 세레니티라는데. 나는 언제나 검은 것들과 친해지고 있었습니다. 그리고 그해, 시인이 되었습니다.

나는 잠들지 못했고, 잠들지 않는다면 곧 아파 올 거라는 사실을 인지하면서 지냈습니다. 지구에서 내릴 수 없는 것처럼. 죽음을 막을 수 없는 것처럼. 시 쓰기를 멈출 수 없었습니다. 목이 부었어요. 그렇지만 너무 즐거워서. 너무 기뻐서. 시를 쓰는 일. 정확히 절망에 가까워서. 그래서 더 좋아서. 한번은요.

시를 읽다가 문득 자리를 박차고 나와 그길로 아무 버스나 잡아탔습니다. 그러고 어디를 갔냐 하면……. 모르는 동네에 내려 눈에 보이는 빵집에 들어갔어요. 주황색 머핀이 먹고 싶어져서요. 하지만 다시 도서관으로 돌아옵니다.

그러고는 건강 악화로 한동안 도서관에 가질 못했습니다. 하루에 한 통씩 반납 독촉 문자가 왔습니다.

[Web발신] [중원도서관] 빌려 가신 자료가 연체 중입니다. 빠른 반납 부탁드립니다. 이번 주까지 미 반납 시 가족분께 연락드리고 댁으로 독촉장을 발송하겠습니다.

단축될 수명과 연락받을 가족과 우편물이 놓일 집이 있던가요? 그 시절, 지영 씨는 내가 전보다 예민해졌다고 말했죠. 지영 씨는 내게 글을 쓰지 말라고 으름장을 놓고선 새로운 시집을 사 주었어요. 지영 씨는 현관에 서서 배웅하며 웃습니다. 나는 다만 이 아이들과 저 아이들과 수다를 떠는 것뿐이라고 대답하곤 했습니다. 아, 지영 씨는 나를 낳은 사람인데요. 나는 종종 지영 씨에게 미안했습니다. 내가 시인이 되고 싶다는 사실 때문에요. 그럼에도 20대의 나에게 편지를 보낼 수 있다면.

잘 버텨 주어서, 살아 있어 주어서 고맙다고 말해 주고 싶어요. 그 시절의 나는, 어둠과 죽음의 편에 가까웠습니다만. 다만 도서관 안에서는, 책들의 숲 속에서는 오롯이 환해질 수 있었습니다. 첫 시집인 『밤의 팔레트』의 초석이 되었던 시들이 모두 그곳에서, 혹은 그 언저리에서 태어났습니다. 당신은 도서관에서 무엇을 보았나요?

잘 살아 있는
강혜빈 드림.

2부

선잠을
자 는 별 들

여덟 번째 편지

×

100개의 사랑

당신에게,

유월의 첫날, 당신은 무엇을 입고 있었나요. 나는 타이다이 무늬의 먹색 슬립 원피스와, 차르르 떨어지는 여름 셔츠, 발가락이 보이는 샌들 차림으로, 머리카락을 틀어 올려 묶었습니다. 뒷목이 시원했던 시절이 엊그제 같은데, 쇄골 아래까지 자라 충분히 묶이는 길이가 되었습니다. 머리카락의 임무는 은밀하지만, 나는 매일 미묘한 변화를 눈치챕니다. 열차에 오르면, 사람들의 의복을 관찰합니다. 대개 신발을 보고, 옷의 질감과 컬러 조합 같은 걸 보면서 있어요. 경미한 불안증과 광장공포를 극복하는 습관입니다. 지하철은 움직이는 광장과도 같다고 감각합니다. 손잡이를 잡고 서 있으면 식은땀이 흐릅니다. 운 좋게 자리에 앉으면 언제 그랬냐는 듯 평온해지고요.

유월의 첫날에는 가뿐한 마음으로 학교엘 다녀왔어요. 어느새 교정은 초록으로 무성해졌습니다. 그리고 풀, 풀들. 여름은 나를 때때로 놀라게 합니다. 당신에게, 나무들이 일렁이는 계단을 보여 주고 싶어 카메라를 들었습니다. 해방촌의 어둠은 슬픈 데가 있습니다. 구운 두부와, 후무스, 비건 치즈를 곁들인 샐러드를 저녁으로 먹고요. 콤부차 상그리아도 마셨습니다. 산책을 하다가 문득, 나는 당신을 떠올립니다. 사랑은 어디서부터 도래할까요? 아직 어두워지지 않은 밤으로부터? 풀어진 운동화 끈으로부터? 충분한 탄수화물로부터? 오랜만에 만난 친구는 여전히 담배를 태우고, 두 개비를, 다섯 개비를 태우고, 나는 오늘로 금연한 지 327일이 되었습니다. 친구는 하루아침에 끊은 나에게 독하다 말하고, 나는 볼에 닿는 하얀 연기가 더욱 독하다 생각하던 찰나. 눈앞으로 오토바이가 쌩, 지나갑니다.

나를 쓰게 하고, 나를 읽게 하고, 나를 일어서게 하는, 당신.
나의 다정한 수신자가 되어 주는, 당신. 감히 사랑하는 당신.

사실은 그 무엇도 아는 바가 없는 당신을. 유월의 녹음처럼 무해한 당신을, 나는 생각합니다.

몸과 마음을 정돈하고 다시 책상 앞에 앉습니다. 단지 수행하는 마음으로, 가볍고 즐겁게. 오늘은 새로운 날, 당신께 편지 쓰는 날.

유월의 두 번째 날에는 집 안에 드릴 소리가 가득했습니다. 귀에 이어폰을 꽂고 수업을 듣고, 밥을 먹는 동안 드라마를 보았습니다. 밥을 먹는 동안에만 보기 때문에, 언제나 끝까지 볼 수 없어요. 주인공은 말합니다.

"때로 불행과 행운의 얼굴은 같고, 나는 여전히 그 얼굴을 구별하지 못한다."라고.

집에 돌아오는 길, 옆자리를 보니 누군가 흘린 단추가 있었습니다. 작은 비닐 봉투에 들어 있는 아이보리색 단추. 사소한 것은, 그러니까 디테일은 어쩌면 가장 중요합니다. 내가 연인의 처진 속눈썹에서 사랑을 발견하는 것처럼요. 속눈썹 위에 가느다랗게 내려앉은 물방울과 먼지들로부터, 지난날의 과오를 잊을 수 있습니다. 연인의 손을 잡으면 생겨나는, 손과

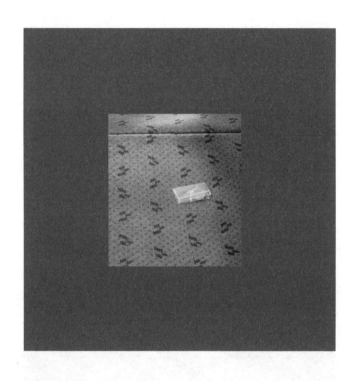

손 사이의 느슨한 공간 속에서 사랑을 발견합니다. 혹은 함께 마주할 때에만 빛처럼 줄어드는 시간 속에서. 유리문 너머로 다가오는 기쁜 기다림 속에서.

사랑에는 실체가 없고 다만 증거만이 남아 있습니다. 나는 새의 발자국처럼 찍힌 사랑의 흔적을 발견하고, 단지 연인의 이름을 호명할 따름입니다. 내가 당신을 부를 때, 돌아보는 것은 어떤 '모드'의 당신입니까? 나는 지나간 어제들을 자주 기억해 내지 못하고, 연인은 부분 부분 끊어진 기억에 다리를 놓아줍니다. 나는 기억하는데 연인은 기억하지 못하는 순간은 없고, 연인은 기억하는데 내가 기억하지 못하는 순간은 많습니다. 사랑은 사랑이라 이름 붙이는 순간, 그 자리에서 증발해 버립니다. 모든 순간은 순간으로만 남고 더는 기억되지 않아, 나는 매일 밤 지난날들의 형체를 복기하곤 합니다. 연인을 눈동자 속에 담는 일은, 엄청난 집중력을 요하기 때문에, 섬광처럼 번쩍 빛나고 스러집니다. 스러짐은 약해짐이 아니며, 스러짐은 영영 사라짐이 아니며, 스러짐은 결코 또 다른 죽음이 아닐 테지요.

다만 스러짐은 새로운 말들의 건널목이고, 다만 스러짐은 'se lever'의 경우와 같이, 자동사에 재귀대명사를 붙여 타동사로 만드는 과정을 거쳐, 따로, 또 같이 '스스로 일어서는' 일이고, 다만 스러짐은 우리의 무의식 속에서 다시 불길이 이는 일입니다. 나는 눈 시린 밤에, 기억에 대해 생각합니다. 흐릿해진 얼굴을 더듬으면 우리는 늘 새롭게 만날 수 있어서. 나는 연인을 잃어버린 적이 있었지만 다시 찾았습니다.

나는 당신에게 '무조건적인 환대'의 자세를 취합니다. 언제나 준비되어 있지 않은 상태를 준비하여, 당신의 예기치 않은 방문을 환영하겠습니다. 우리가 어느 날 갑자기 만났듯. 인간으로서 무자비한 폭류瀑流를 마주하듯. 아무런 소리도 미동도 없이. 두 눈으로 바라볼 수도 없는. 찬란하고 참혹한. 어느 날 불쑥 찾아온. 천사가 그러하듯 이 세계의 당신은 유일무이해요. 나는 이만 먼 곳으로 떠날 채비를 마쳤습니다. 나는 사랑에 관해서라면 100행을 쓸 수 있습니다. 언젠가 100편의 시를 모으면, 당신에게 다시 편지 해야겠습니다.

행운의 편인
강혜빈 드림.

아홉 번째 편지

×

파란 등뼈 조각

한여름 밤의 책방, 여자는 그의 연인과 함께 산책하고 있었
다. 정확히 말하자면, 아직 연인으로 호명할 수 없는, 미래의 연
인과 함께. 바람이 두껍게 불어오는 동네, 후암동. 모퉁이를 돌
고 나무들의 수런거림을 지나, 높은 언덕에서 작은 불빛들을 내
려다보았다. 상점들이 늘어선 골목을 통과하고, 어둡고 조용한
내리막길로 향했다. 여자는 길을 몰랐고, 그의 연인은 우연을
가장한 계획 속에서 그를 인도하고 있었다.

그때, 여자는 발견하고 말았다. 익숙한 간판을. 한 번도 직접
본 적은 없지만, 언젠가 몇 번이고 와 본 것 같은 가게였다. 그 자
리에 **얼어붙은 여자**는 기묘하고도 신비로운 데자뷔를 느끼고 있

었다. 조심스레 들어선 책방 안에는 아무도 없었고, 밤의 얼굴과 닮은 **검은노래**만이 흘러나오고 있었다. 여자와 그의 연인은, 책방 안에서 각자의 몸짓으로 서가를 둘러보고 있었다. 그의 가만한 연인이 귀에 대고 속삭였다.

"우리 서로 책 골라 주기 할까요?"

작은 게임이 시작되었다. 서로에게 책의 등뼈를 들켜서는 안 되며, 무슨 책이더라도 꼭 기쁘게 읽어야 하는. 여자는 고개를 두어 번 크게 끄덕이고는, 반짝이는 눈으로 책의 등뼈를 훑고 있었다. 그곳의 책들은 자신을 과시하거나 안달 내지 않았다. 여자와 그의 연인은 **쓰고 싸우고 살아남은** 사이였다. 아주 오랜 시절을 건너와, 돌아오는 우연처럼 하릴없이 필연을 감각하게 된 사이였다. 여자와 그의 연인은 미래의 일을 알지 못했으나, 다만 해방촌의 어두운 서점 안에서 책을 고르는 일에만 집중하고 있었다. 이내 노래는 멎었고, 진공과도 같은 정적 속에서 둘의 발이 붙었다가, 떨어지는 소리와, 그들의 마스크가 **환한숨**으로 간헐적으로 부풀었다가 다시 조용해지는 소리로 뒤섞였다. 여자는 그때 조금 더워졌고, 손부채질을 했다.

　그의 연인이 여자를 힐끗 보고는, **마음의 발걸음**을 옮기듯, 천천히 다가와 어깨에 닿은 여자의 머리카락을 들어 올려 주었다. 그때, 책방의 주인이 홀연히 나타나 인사를 건넨다. 검은 옷을 입은 사람이었다. 주인은 여자를 알아보지 못한 듯 천천히 둘러보라며 구석에서 노트북을 펼쳐 들고 있었다. 여자는 **파울 첼란 전집**을 고르려다 말고, 미즈노 루리코의 『헨젤과 그레텔의 섬』을 집어 들었다. 주섬주섬 카드를 꺼내 들고 책방 주인의 곁으로 가서는, 다시금 인사를 했다.

　"안녕하세요, 저 파란피예요."

주인은 화들짝 놀라며, 여자를 보며 환하게 웃었다. 그의 웃음에 여자는 따라 웃었고, 그의 연인도 뒤편에서 가만히 미소 지었다. 여자는 책을 내밀며 덧붙였다. 제가 다음에 뵈러 오겠다고 했죠. 그런데 오늘은 우연히, 정말 우연히 왔어요. 여자는 몇 마디의 대화를 더 나누고는, 들뜬 마음으로 책방을 나섰다. 주인의 마지막 말을 떠올리면서. 아니, 여길 어떻게 우연히 올 수 있어요? 여자는 속으로 되뇌었다.

그러게요. 저도 모르겠어요. 어쩌다 여기까지 왔는지. 살면서 **좋은 일이 아주 없는 건 아니잖아**요. 오늘은 아주 없는 날이 아닌 거예요. 당신과 또 만나게 될 것이라 예감했어요. 처음 본 당신의 눈빛은 단단하고, 포근했어요. 그냥 알게 되잖아요. 좋은 사람은. 책방도 당신을 꼭 닮았네요. 저는 지금 여기 있어요. 우리 이렇게 만났어요. 꼭 와 보고 싶었는데, 꼭 오게 됐어요. 우연처럼 또 만나요.

그의 연인은 **극지의 시**를 고르려다 말고, 게오르크 트라클의 『몽상과 착란』을 건넸다. 그때, 연인의 머리 위에서 인공위성인지 별인지 알 수 없는 빛이 반짝였다. 역으로 돌아가는 길, 버려진 훌라후프와 고장 난 신호등을 보았다. 여자는 도무지 막을 수 없는 여름의 열기와 같은 사랑을 다시 예감했다. 연인은 마스크 속에서 무어라고 속삭였다. 입술, 입술들. 함께 지나온 **일곱 해의 마지막**이 발끝에 도래해 있었다. 걸을 때마다 연인과 팔등이 스 칠 때, **나이 없는 시간**들이 스쳐 갔다. 둘은 걷고 또 걸으면서도, **화석이 된 날들**을 꺼내 오지 않았다. 그들이 영원한 폐허 속을 지 날 때, 후암동은 초겨울이 되어 있었다. 여자는 연인의 손을 잡 고 말했다.

"우리는 안녕, 손을 잡으면 눈이 녹아."

파란피 _____ 작업 노트

파란피의 친구, 고요서사 차경희 대표가 보내온 책의 등뼈 리 스트에서 파란색으로 표시해 둔 제목을 짧은 에세이 속에 삽입 하였다. 다음 페이지를 참고해 주시라.

제약이 있는 글쓰기는 재미있고, 좋아하는 사람과 함께하는 글쓰기라서 더욱 재미있다. 파란피는 사진으로만 그의 작품에 화답하는 것으로는 마음이 충만해지지 않아, 급기야 글까지 쓰 고야 만 것인데, 이는 우연처럼, 필연처럼, 해방촌을 가게 되었 던, 그리고 골목을 돌고 돌아 신비롭게도, 고요서사의 문 앞에 당도했던, 어느 밤의 이야기를 각색하여 적은 것이다.

나는 픽션과 논픽션의 경계를 넘나들 때, 생겨나는 파열음과

시공간의 뒤틀림 같은 것을 좋아한다. 소설도 에세이도 시도 아니면서 소설과 에세이와 시의 형식을 모두 갖춘 글을 좋아한다. 글에 등장하는 여자는 내가 아닐 수도 있으며, 그의 연인은 애초에 존재하지 않았던 사람일 수도 있고, 책방 주인은 그가 아닐 수도 있으므로, 읽는 당신으로 하여금, 그 모든 공간의 기억을 불러올 것이다.

나는 눈 내리는 겨울이 되면, 고요서사 앞에 연인과 함께 서 있을 거다. 나는 가능한 미래에서 왔다.

○

『환한 숨』(조해진 지음, 문학과지성사, 2021)

『마음의 발걸음』(리베카 솔닛 지음, 김정아 옮김, 반비, 2020)

『얼어붙은 여자』(아니 에르노 지음, 김계영·고광식 옮김, 레모, 2021)

『우리는 안녕』(박준 지음, 김한나 그림, 난다, 2021)

『파울 첼란 전집 1』(파울 첼란 지음, 허수경 옮김, 문학동네, 2020)

『쓰고 싸우고 살아남다』(장영은 지음, 민음사, 2020)

『좋은 일이 아주 없는 건 아니잖아』(황인숙 지음, 달, 2020)

『검은 노래』(비스와바 쉼보르스카 지음, 최성은 옮김, 문학과지성사, 2021)

『여수의 사랑』(한강 지음, 문학과지성사, 2018)

『나는 내가 싫고 좋고 이상하고』(백은선 지음, 문학동네, 2021)

『일곱 해의 마지막』(김연수 지음, 문학동네, 2020)

『나이 없는 시간』(마르크 오제 지음, 정헌목 옮김, 플레이타임, 2019)

『무한화서』(이성복 지음, 문학과지성사, 2015)

『극지의 시』(이성복 지음, 문학과지성사, 2015)

『불화하는 말들』(이성복 지음, 문학과지성사, 2015)

『화석이 된 날들』(김명희 지음, 소울박스, 2019)

『참깨와 백합 그리고 독서에 관하여』(존 러스킨·마르셀 프루스트 지음,

유정화·이봉지 옮김, 민음사, 2018)

《악스트》 34호(악스트 편집부, 은행나무, 2021)

『손을 잡으면 눈이 녹아』(장수양 지음, 문학동네, 2021)

열 번째 편지

×

잔망과 무튼

당신에게,

잔망과 무튼이 등장하는 시를 모으고 있다.

아니, 정확히는 그러고 있었다. 이 진술은 과거형으로 다시
쓰인다.

잔망은 끝말잇기에 실패한 어느 여름밤, 도롯가에서 탄생
한 이름이며, 때때로 '잔망잔망'과 같이 두 번 연이어 불리고,
술잔, 찻잔, 머그잔 그러니까 잔을 부딪치는 경쾌한 소리과도
관련이 깊을 수 있고, 얄밉도록 맹랑하여 사랑할 수밖에 없는,
천진하고 단단한 누군가의 다른 이름이다. 나는 당신을 어제

와 다르게도 부를 수 있고, 어제와 같이 부를 수 있으나, 어제 부른 당신의 이름은 오늘의 이름과 다르고, 당신을 부르는 나 또한 어제와 다르다. 어떻게 사랑이 변하니, 묻는 영화 속 인물에게 나는 어떻게 사랑이 변하지 않겠니, 되물었으며, 사랑은 슬라임처럼 형체가 없고, 그러므로 어디에서나 발견할 수 있고, 숨 막히는 여름의 가운데에서는 왜 이별보다 사랑이 더 잘 되는 건지 궁금해하며, 아무튼, 아무튼을 입버릇처럼 쓰다가 무튼이 된 무튼에게 시가 되는 것은 끔찍이 기쁜 일이라고, 잔망은 덧붙였다. 잔망과 무튼은 과거에도, 현재에도, 미래에도 존재해 왔으며, 그들의 사랑은 롤랑 바르트의 말처럼, 광인狂人의 기척을 남긴다.

불 꺼진 정류장에서 이루어지는 사랑을 안다. 정류장에서 사람들은 오지 않는 버스를 기다리고, 버스를 기다리면서 시간을 죽이고, 대부분 무표정이거나, 지친 상태로 있다. 그렇게 죽은 시간은 누군가에게 다시 오지 않는 시간이 되기도 해서, 우주복을 입고 먼 별로 떠난 사람처럼, 지구의 시간 체계를 아득히 잊기도 한다. 시간은 모든 이에게 동일하게 주어지지만, 동일하다는 감각은 어쩌면, 물과 원소로 이루어진 인간이, 그러니까 더 자세히 보면 아주 작은 입자에 불과한 인간이, 각자

위치한 파동 속에서 '각자'의 시간을 느끼는 일이 아닐까.

그 와중에 숫자는 늘어나거나 부풀기도 하며, 현저히 희박해지기도 하면서 상대적인 모양을 띤다.

기다리던 버스를 놓친 후에야, 서둘러 떠나느라 사랑한다는 말을 하지 못하고, 모든 것을 잃고 난 후에야, 비로소 조금은 알게 되는 사실들이 있다. 첫 번째 버스, 세 번째 버스, 일곱 번째 버스까지 보내고 나서, 아무도 남지 않은 정류장에서, 이제 더는 송출할 '정보'가 없는 표지판을 보며, 이상한 안도감을 느끼면서, 이대로 세상이 망해 버렸으면 좋겠다고, 생각하는 젊은 연인의 아포칼립스적 사랑을 안다. 00시는 사실, 사전적으로는 존재하지 않는 시간이다. 그러나 자정을 1초라도 넘은 경우라면 새로운 하루가 시작된 것이므로 '(오전) 0시 1초'라고 쓸 수 있겠다. 이처럼 우리는 사랑의 모양을 저 자신이 이름 붙이는 대로 다만 그려 볼 뿐이다. 당신에게, 그러그러한 사랑을 담아 보낸다. 우리가 어느 유월, 함께 만든 사랑의 모양을, 나는 내내 기억할 것이다.

잔망의 이름으로
강혜빈 드림.

열한 번째 편지

×

페퍼민트의 사라지는 방식

그해 여름, 허와 재는 상수동에서 만났다. 일주일에 한 번, 입간판에 토끼 그림이 그려진 카페. 넓고 두꺼운 테이블 자리는 너무 가운데 있어서 이목을 끌기 좋았고, 대부분 비어있었다. 둘은 마주 보지 않고 늘 나란히 앉았다. 한낮의 볕은 유리창을 뚫고 들어올 듯 맹렬했다. 재는 차가운 페퍼민트티, 허는 차가운 아메리카노.

허는 재의 책을, 재는 허의 책을 읽었다. 무엇이든 불평 없이 읽는 것이 룰이었다.

— 차가운 거 많이 먹으면 일찍 죽는대.

그렇게 말하면서, 재는 책머리를 지탱하고 있는 허의 손가락을 보았다. 누굴 만날 때마다, 손을 유심히 관찰하는 버릇이 있었다. 그러니까, 재는 손가락과 손톱 모양으로 사람을 기억하는 종류의 인간이었던 것이다. 깨끗한 나머지 손톱과 달리 허의 왼쪽 새끼손톱에는 매니큐어가 칠해져 있었다. 옅은 민트색이었다. 빨대는 쓸데없이 두꺼웠다. 간혹 작게 부서진 얼음까지 빨려 들어왔다. 민트잎은 초록색이지만, 우러난 물은 약간 노랬다. 허는 치약 맛 나는 게 맛있냐며, 민트를 좋아하는 재의 취향을 신기하게 여겼다. 재는 민트가 치약 맛이 아니라, 치약이 민트 맛이라 응수했다.

　허는 커피를 다 마실 때 즈음, 남은 얼음을 와작와작 썹어 먹는 버릇이 있었다. 그 소리가 퍽 경쾌해서, 허가 얼음을 썹는 타이밍이 올 때까지 내심 기다리곤 했다. 한편, 재는 카페인에 취약했다. 커피를 조금만 마셔도 심장이 두근거려서, 심호흡을 해야 했다. 하지만 사람들이 커피를 왜 먹는지 이해할 수는 있었다. 하루에 서너 잔씩 마시는 사람을 보면, 어쩐지 근사하게 느껴지기도 했다. 잔을 다 비우고, 귀퉁이가 해진, 오래전 절판된 시집을 펼쳐 본다. 뒷면엔 알 수 없는 문장이 쓰여 있었다.

　「Le noir est à la mode cet été.」

재는 살면서 허를 닮은 사람을 세 명 보았다. 그러지 말자고 다짐하면서도, 재는 인간을 어떤 카테고리 속에 유형화시키는 일에 능했다. 축제 때 놀러 온 미지의 선배, 랜덤 채팅에서 만난 친구, 버스 정류장에서 카드를 주워 준 여자. 재는 허와 닮은 사람들을 의도치 않게, 자꾸만 발견했다. 그럼에도 허를 대체할 수 있는 사람은 이 세상에 존재하지 않는다고, 재는 생각했다. 허와 재는 헤어져 집에 가는 동안에도 통화를 했고, 통화가 끝나면 메시지를 주고받았다. 랑그와 파롤에 대해, 김치볶음밥에 들어가는 설탕의 황금 비율에 대해, 상대성 이론에 대해, 환경오염의 숨은 주범에 대해, 플랭크 응용 동작에 대해 떠들다 보면 두 시간이 훌쩍 지나 있었다. 오늘은 꼭 말해야겠다고, 재는 생각했다.

　허에게는 애인이라고 부르지 않는 애인이 있었다. 그들은 함께 살면서도 서로의 고독을 존중했다. 재는 시간이 흘러 복기했을 때, 그 사실에 이상한 기시감을 느꼈다. 허의 이름은 두 개였다. 자신의 이름이 마음에 들지 않아, 혼자서 끝 글자만 바꿨던 것이었다. 재는 허의 첫 이름이 더 좋았지만, 굳이 입 밖으로 말하지는 않았다. 재는 책을 반쯤 읽고는 가지런히 덮어 두었다. 그리고 다음과 같은 글을 썼다.

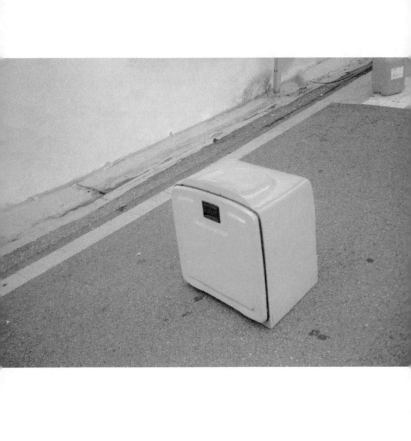

「세상에 민트라는 색은 분명 있는데 사전에는 없다. 세상에 너라는 사람은 분명 있는데 나에게만 보이는 것처럼. 말하기 전에 한 번 더 생각하면서 조용해지는 것. 민트는 차라리 굳어 가는 물감보다 핑킹가위로 자른 이파리에 가깝다는 것. 어떤 색깔은 감각하는 것보다 가까이 있고, 어떤 사람은 기억하는 것보다 멀리 있다. 마지막 장면에서 첫 장면까지 천천히 걸어서 돌아가면. 너의 그림자는 다른 그림자들보다 향이 강해서 잘 말리고 다려서 안 쓰는 벽에 걸어 두면 좋을 것 같다. 귀퉁이를 하나둘 떼어서 끓이면 건강한 허브차가 된다. 내년 여름에는 박하를 길러 봐야지. 생각은 쉽다. 행동으로 옮기는 것은 어렵다. 너는 여기 있었는데, 막 사라졌다. 손끝이 데일 것처럼 차가웠던 사랑은 다 녹았다. 지난 월요일처럼. 바깥으로 나오지 않는 재채기처럼. 계절감이 없는 사람처럼. 몸을 웅크리면 더 춥다는 말은 누가 만들었을까. 아까부터 자꾸만 이가 떨린다.」

테이블 위로 작은 날파리가 기어간다. 날개가 있는데도, 날지 않고 기어서 간다. 허는 간혹, 말없이 자리를 비웠다. 다녀올게, 비슷한 인사도 없이. 담배를 피우러 간 건지, 화장실에 간 건지, 꽃집을 기웃거리러 간 건지 알 수 없었다. 그렇게 홀연히 사라졌다가 영영 돌아오지 않은 날도 있었다. 허는 아팠고, 재는 대부분 건강했다. 허는 매일 반짝반짝 자라나는 재를 보며, 지독히 살고 싶다는 생각이 든다고 했다. 허의 몸속에는 작은 나무가 자라고 있었다. 숨죽인 채로, 숨죽인 채로.

허의 사라지는 방식이 페퍼민트와 닮았다는 생각이 들었다. 재는 오늘 꼭 하고 싶었던 말을 안으로 삼키면서 종이를 씹는다. 페퍼민트, 페퍼민트, 페퍼민트. 세 번을 불러야 뒤돌아보는 얼굴이 있고. 조금만 닮으면 기쁘지만 너무 닮아 버리면 불쾌한 얼굴이 있다. 그러므로 페퍼민트, 페퍼민트, 페퍼민트, 불러 보지만. 허는 박하다.

민트의 슬픔은 여름의 슬픔이다. 몸집보다 커져 버린 나뭇잎의 슬픔이다. 아직 다 호명되지 못한 이름의 근원적인 슬픔이다. 이를 닦고 뱉어 내는 거품이다. 안경집에 넣어 둔 천 조각이다. 칠이 벗겨지는 중인 매니큐어다. 한쪽을 잃어버린 이어폰이다. 민트의 슬픔은 그런 것이다. 민트는 계절을 앞서 죽는다. 다시, 여름이다.

열두 번째 편지
×
비니의 기쁨

미오의 손가락에는 은반지 다섯 개가 끼워져 있다. 하나씩 빼서 트레이에 놓는다. 알코올 스왑을 꺼내 닦는다. 에어팟 케이스와 본체, 시계, 지갑 표면, 사용한 카드들도 세심히 닦는다. 마스크의 양쪽 끈을 힘차게 당겨 뜯는다. 돌돌 말아 휴지통에 버린다. 입었던 옷가지를 세탁기에 넣고, 속으로 노래를 부르며 손을 씻는다.

'생일 축하합니다. 생일 축하합니다. 사랑하는 미오의 생일 축하합니다.'

생일 축하송을 두어 번 부르고 나면 의식은 끝난다. 손 씻을 때마다 생일인 사람이 되는 이상한 루틴. 그러나 어떤 노래라도 좋다. 가끔은 퐁당퐁당, 곰 세 마리를 중얼거리면서 가사를 잊어버리곤 한다. 다른 이들은 무슨 노랠 부르면서 손을 씻을까. 그런 게 궁금해진다. 팬데믹 시대에는 무엇이든 새롭다. 이것은 그가 발견한 소소한 기쁨들에 대한 기록이다. 바이러스와 두려움이 잠복하고 있는 세계에 적응하며 스스로의 뒷모습을 좇아가는 한 사람의 이야기다. 어쩌면 이 기록은 후대에 이르러 중요한 증거로 쓰일지 모른다.

'비니'는 머리에 달라붙게 뒤집어쓰는 동그란 모자를 말한다. 규범 표기는 미확정이다. 하지만 대부분은 그렇게 부른다. 18세기 이후, 선원이나 낚시꾼처럼 바깥에서 일하는 노동자들이 체온 유지를 위해 사용하게 되었다고 한다. 미오는 모자와 데면데면한 사람이었다. 볼캡, 베레모, 버킷햇, 페도라, 플로피햇까지. 세상에 넘쳐나는 모자들 중에서 미오에게 꼭 맞는 모자는 없었다. 무언가를 머리 위에 걸치거나 꾹 눌러쓰면, 어딘가 붕 뜬 것처럼 보이거나 어설펐다. 얼굴형의 문제가 아니다. 이것은 이미지의 문제였다. 이목구비가 보다 밋밋하게 생겼더라면 어울렸을까?……아니다. 어쩌면 별문제가 아닐지도 모르는 문제에 미오는 꽤나 큰 아쉬움을 느끼고 있었다.

그래서인지 모자가 잘 어울리는 사람을 보면 오랫동안 눈길이 머물렀다. 비슷한 예로, 안경이 있다. 미오는 안경이 잘 어울리는 사람에게 사랑에 빠졌다. 그것이 검은 뿔테든, 얇은 반무테든 상관없었다. 안경이 너무 잘 어울리는 사람을 보면 종종 '당신이 절대로 안경을 벗지 말았으면 좋겠어. 안경을 눈 위에 타투처럼 새겼으면 좋겠어.' 생각하곤 했다. 안경 쓴 사람에 대한 요상스러운 집착, 그리고 사랑의 역사는 어디서부터 비롯된 것일까. 세상에는 영원히 이해할 수 없고, 이해할 필요 없는 것들이 있다. 오로지 안경 쓴 사람에 대한 끌림이 그중 하나다. 그와 비슷하면서 약간 모자라게, 미오는 모자 쓴 사람에게도 흥미가 생겼다. 그 많은 모자들 중 왜 하필 비니인가. 비니에 대한 기억은 어느 겨울로 거슬러 올라간다.

저기, 얼어붙은 강가에 한 연인이 서 있다. 조금은 떨면서. 두 손가락을 벌려 조금 더 확대해 보자. 무엇이 보이는가? 그래, 회색 비니 쓴 사람이 보인다. 그런데 자세히 보니 그는 미오가 아니다. 컴퓨터는 그에게서 아무런 정보도 읽을 수 없다. 이름, 나이, 성별, 목소리, 걸음걸이, 그 무엇도……

겨울의 강은 금방이라도 깨질 듯 위태롭다. 미오는 아무것도 쓰지 않은 머리로 있다. 인간들이 만들어 놓은 나무다리가 빙 둘러져 있고, 몇몇 여행객들이 둥근 강의 둘레를 반복해서 걷는다. 다행스럽게도 햇빛은 맑다. 둘은 걷고 걸으며 손을 잡을까, 말까 고민하고 있다. 그러면서 끝내 잡는다. 고민하지 않고 잡는 것과 용기 내어 잡는 건 사정이 다르다. 비니 쓴 사람은 미오의 귀에 대고 무어라 속삭인다.

— 소리를 감지할 수 없습니다. 현재 볼륨은 최대입니다.

이제부터 비니 쓴 사람을 비니라고 부르겠다. 비니를 처음 만난 것은 어느 밤의 콘서트장에서였다. 미오는 퇴근을 하고 집에 돌아가는 길이었고, 친구로부터 티켓을 양도받았다. 문제는 잘 모르고, 별로 좋아하지 않는 가수였다. 그렇지만 방향을 틀어 공연장으로 향했다. 자리에 앉자, 대각선 건너건너 즈음에 어딘가 낯익은 사람이 보였다. 공연은 지루했다. 가수의 노래를 들으러 온 사람들의 표정은 하나같이 황홀해 보였다. 미오는 자신이 왠지 오지 말아야 할 곳에 와 있다고 느꼈다. 함께 박수를 치고, 함성을 지르고, 앙코르를 외칠 때에도. 미오는 이상한 이질감에 시달렸다. 사랑은 이다지도 순수한 것인데, 고작 공짜로 생긴 푯값이 아까워 누군가의 자리를 낭비하고 있다는 생각이

들었다.

알 수 없는 죄책감이 몰려들 때, 가수는 무대에 다시 올라와 마지막 노래를 불렀다. 한 번의 템포도 쉬지 않고 계속해서 부르고 불렀다. 관객들은 함께 따라 불렀다. 하나의 퍼포먼스를 보는 느낌이었다. 가수는 내내 무표정이었고, 인상을 찡그리거나 웃지도 않았다. 잘 마른 각목 같았다. 어쩌면 저 무미건조함이 사람들을 끌어당기는 매력인 걸까? 미오는 문득 궁금해졌다. 언젠가는 저 가수를 좋아할 날이 오겠지, 생각했다.

공연이 끝나고 난 뒤, 미오는 찌그러진 다리와 물병과 가방을 주섬주섬 챙기고, 홀린 듯이 대각선 건너 자리에 앉은 낯익은 사람에게로 향했다. 사람들은 출구 쪽으로 우르르 빠져나갔다. 썰물처럼. 어떤 일은 순식간에 이루어진다. 낯익은 사람이 누군지 파악하는 일은 단 5초도 걸리지 않았다.

— 미오씨, 이 가수 좋아하는구나. 잘 지냈어요?
둘은 일로 만난 사이. 좋지도, 나쁘지도. 적당한 거리감 있는 젠틀한 사이. 환히 이를 내보이고 웃고 나서, 각자의 자리로 돌아가면 되는 사이였다. 그 사람 옆에 비니가 있었다. 비니는 그날도 비니를 쓰고 있었다. 비니는 약간 미묘하면서도 멋쩍은 웃음을 띠고 미오를 바라봤다. 약간 비켜선 듯이 서서, 자신의 가방을 매만지고 있었다. 분명 내향적인 인간임이 틀림없어. 아직 켜져 있던 조명이 비쳐 비니의 눈에 닿았고, 반짝하고 빛났다. 눈빛이 깊은 사람이구나. 미오는 생각했다. 미오는 그날, 비니에게 반했다. 앞서 말했듯, 어떤 일은 순식간에 이루어진다. 일에게 살짝 귀띔을 해 연락처를 물었고, 초대를 받아 비니가 운영하는 비스트로에 찾아갔다. 가게 문을 열고 들어섰을 때, 비니는 비니를 쓰고 있지 않았다. 대신 두건과 앞치마를 두르고 있었다. 한편에는 유리병들이 가지런히 말라 가고 있었다. 토마토스

튜 끓이는, 달큰한 냄새가 가득했다. 만나기로 한 지 얼마 되지 않은 연인이 얼어붙은 강을 보러 도심을 벗어나 여행을 떠나기까지 어떤 일들이 있었을까.

비니는 이름처럼 겨울 내내 비니를 썼다. 그러나 그것은 짧은 쇼트커트 머리카락을 단발까지 기르기 위한 방편임을 미오는 뒤늦게 알았다. 비니는 비니에 대한 별다른 마음이 없었고, 비니란 단지 머리카락을 기르는 과정 중 도움을 받은, 보온을 위한 천 조각 같은 거였다. 그렇다. 오직 미오만이 비니에 진심이었다. 조금씩 비니의 옆머리는 머리카락을 덮고, 귀 뒤로 꽂을 수 있는 정도가 되었다. 그리고 다시는 비니를 꺼내 쓰지 않았다. 미오는 조금씩 마음속에서 비니에 대한 아쉬움이 커져 갔다.

'비니의 아름다움에 정점을 찍을 수 있는 것은 비니를 쓴 모습이야. 비니가 비니를 벗지 않았으면 좋겠어.'

미오는 어쩌면 비니 쓴 비니의 형상을 사랑했는지도 모른다. 정말 사랑한다면, 머리카락 길이 따위는 안중에도 없고 모자나 안경이 잘 어울리지 않아도 상관없어야 했다. 이윽고 모든 것이 허깨비처럼 느껴졌다. 몇 년이 흘러갔다. 어느 날, 룸메이트가

버리려고 내놓은 상자에서 비니가 썼던 비니와 비슷한 회색 비니를 발견했다. 미오는 지체 없이 비니를 집어 들고 머리에 욱여넣었다. 그리고 거울을 봤다. 바로 이거야! 몸 안의 한 조각이 완전해진 기분이 들었다. 그때의 비니처럼, 미오 또한 겨울을 지나는 중이었고, 열심히 머리카락을 기르고 있었다. 아주 짧은 투블록 커트에서부터 단발까지의 길은 험하고 멀었다. 어떤 수단과 방법을 써 봐도 도무지 나아지지 않는 일명 미친 악마의 구간에서, 미오는 작고 기쁜 희망을 발견한 것이다. 지난날, 비니가 왜 비니를 매일 쓰고 다녔는지 이해할 수 있을 것만 같았다. 그리고, 왜 그 가수를 좋아했는지도.

시간이 지나고 나서야 깨닫는 것들이 있다. 미오는 사실 비니를 사랑한 게 아닐지도 모른다는 것. 그저 자신이 인식한 존재로서, 원하는 모습으로 투영하여 바라보았다는 것. 그런 미오에게도 어울리는 모자가 있었다는 것. 비니와의 만남을 정리하고 나서, 미오는 스스로 어떤 사람에게 사랑에 빠지는지 명확히 알게 되었다. 그리고 길게 기른 뒷머리를 잘랐다. 마치 칼을 대고 자른 것처럼 정갈한 단발머리가 되자, 미오는 더 이상 비니를 쓸 일이 없어졌다. 그토록 잘 어울리던 비니는 미오를 떠나갔다. 그간 신이 나 색깔별로 모은 비니들은 상자 속에 잠들었다. 그럼에도, 미오가 발견한 귀한 기쁨임에는 틀림없었다. 미오는 그때 그 가수의 노래를 들으며 비니를 생각한다. 창문을 열자 따뜻하고 부드러운 바람이 훅 끼쳐 온다. 어쩐지 모든 것이 지나갔다는 생각이 들었다. 무섭도록 빠르게 봄이 오고 있었다.

열세 번째 편지

×

잔과 꿈

지금 어디엔가 선잠을 자는 별들이 있다.

왜 자야 할까, 생각하면서도
자고 일어나면 잊어버린다.

○

잔은 어릴 적부터 하루도 빠짐없이 꿈을 꿨다. 컬러와 소음들
로 이루어진 꿈. 때로는 액자식 구성으로 한 개의 꿈 속에 또 다
른 꿈들이 상영된다. 이전에 가 보았던 동네나 골목을 다시 가
기도 하고. 이름 모를 얼굴들을 만나기도 한다. 그들은 또렷하

게 그곳에 있다. 꿈속에서 잔은 불에 타 죽기도 하고, 낯선 이와 입을 맞추기도 하고, 물 위를 걷기도 하고, 흰 저고리를 입고 전쟁에 뛰어들기도 한다. 잔은 태어나는 날에도 꿈을 꾸지 않았을까, 생각했다. 아니, 어쩌면 더 이전의, 더 작은 존재일 때부터.

잔은 깨지 않고 잠들고 싶었다. 나쁜 꿈을 꿀 때마다 안고 자는 코끼리 인형이 점점 납작해졌다. 조금조금 속상한 일들과 마주할 때. 어쩔 수 없는 마음 앞에 무력해질 때. 차라리 여기보단 꿈속이 낫지 않을까, 생각하면서. 그럼에도 웃음이 나고 감사한 일들이 생길 때. 잔은 알 수 없는 안도감에 휩싸였다. 아무런 걱정 없이. 더 나쁜 선택지와 덜 나쁜 선택지 사이에서 오래 고민하지 않으면서, 때로는 심심한 기분을 느끼면서 살 수 있다면 좋겠다고 생각했다. 잔은 오랫동안 꿈 일기를 썼는데, 최근에는 점점 기억나는 꿈들이 적어졌다. 일주일에 한두 번 정도만 인상 깊은 장면들로 남았다. 그러나 예전과 달리 모든 것을 기록하지 않아도 되고, 모든 것을 기억하지 않아도 되는 사람이 되어 가고 있었다.

ㅇ

우리가 '선생님'이란 소리를 내면, 이것은 틀림없는 언어가 된다. 그러나 '바밥밥바'란 소리를 내면, 이것은 언어가 되지 못한다. 둘 다 음성으로 되어 있는데도, 하나는 언어이고 하나는 언어가 아닌 까닭은 무엇일까? 그것은 '선생님'이란 음성은 '남을 가르치는 분'이란 뜻을 담고 있지만, '바밥밥바'라는 음성은 아무 뜻도 없기 때문이다.

○

한 달간의 그리스 생활을 끝마친 후, 잔은 돌아왔다. 시차 적응에 실패한 어느 후텁지근한 여름날. 한 통의 전화를 받았다. 수화기 건너편의 사람은, 자신의 이름이 꿈이라고 소개했다. 꿈의 목소리에는 삶에 지친 카랑카랑함이 서려 있었다. 꿈은 말을 잘했다. 사무적이고 상냥한 말투로, 회사에 대해 장황하게 설명했다. 꿈은 5분 후에 도착한다고 전했다. 잔은 반쯤 흘려들었고, 끊자마자 의심했다.

「기대보다 일찍 죽게 되는 거 아닐까.」

꿈은 검고 투박한 세단을 몰고 와서는, 잔이 서 있는 길가에 거칠게 멈추었다. 조수석에 앉아 곁눈질로 본 꿈의 첫인상은 하얗고, 또 하얬다. 차의 내부는 이상하리만치 텅 비어 있었다. 백미러에 달린 메마른 디퓨저만 요란하게 달랑거렸다. 잔은 이상하게 자꾸만 하품이 나와서, 눈물이 멈추질 않았다. 꿈이 핸들을 휙 꺾었다. 잔은 바깥쪽으로 휘청했다. 차 안이 햇빛의 열기로 후끈거렸다. 잔이 플라스틱 손잡이를 꽉 잡았다.

○

체감상 2미터는 되어 보이는 묵직한 대문을 열고 들어섰을 때, 커다란 개 두 마리가 금방이라도 다리를 물어뜯을 듯 짖어댔다. 한 마리는 검었고 한 마리는 하얬다. 둘은 한 몸같이 보이기도 했다. 그날은 일요일이었고, 홀에는 아무도 없이 캄캄했다. 금방이라도 미스터리한 사건이 벌어질 것 같은 대저택이나 서로 왕래 없이 사는 중산층 가족의 별장같이 보였다.

면접은 깐깐하고 철학적인 질문들로 두 시간 가량 진행되었다. 오랫동안 프리랜서 생활을 지속하다, 몇 개월 정도 용돈을 벌기 위해 가벼운 마음으로 이력서를 냈던 잔은 적잖이 당황했

지만. 가볍게 생각하고, 무겁게 이야기하니, 가볍게 붙었다. 첫
직장이었다. 잔은 단 한 줄에 볼드체를 썼다.

저는 시인입니다.

○

나무로 만든 계단을 올라가면, 방 세 개가 나온다. 꿈은 그중
왼편의 방을 홀로 쓰고 있었다. 2층에서의 생활은 순조로웠다.
꿈과 단둘이 사무실을 쓰게 된 것이다. 어두운 곳에서 일하길 좋
아하는 꿈과 잔은 내내 불을 끄고 지냈다. 물론 다른 직원들은
전등을 두세 개씩 켜 놓고 일했지만. 꿈과 잔은 별다른 대화도
나누지 않고 각자 할 일을 했다. 꿈은 키보드를 두드리다 말고
이따금씩 물었다.

「오늘 점심은 뭐 먹었어요?」
「아직도 금연 중이에요?」
「나 내일도 못 오는데 괜찮죠?」

꿈은 일이 시작되면, 모든 문을 닫는다. 꿈의 움직임은 어둠 속에서도 섬세하고 치밀하다. 낡은 경첩이 찌걱거린다. 잔은 숨죽인 채 책상 아래 손을 집어넣는다. 눈을 깜빡이지 않고 한 점을 응시한다. 보이지 않던 것들은 이내 어둠 속에서 윤곽을 드러낸다. 일종의 의식을 끝낸 꿈은 방 안을 획 둘러본다. 조그만 발바닥이 장판에 붙었다 떨어진다. 쩌억, 쩌억, 소리가 느리게 가까워진다.

○

잔의 꿈속이다.

꿈과 잔은 시리고 파란 조명 아래, 푹신한 소파에 나란히 등을 기대어, 반쯤 식은 차를 그대로 두고, 서로의 손바닥을 주무른다. 꿈은 허밍을 한다. 잔은 그 노래 뭐예요? 묻는다. 꿈은 대답하지 않고, 다만 허밍을 한다. 찻잔이 혼자서 달그락거린다. 달그락 달그락. 꿈은 다리가 없고, 잔은 맨발인 채로 있다. 벌거벗은 여인들이 테이블 쪽으로 걸어온다. 수런수런. 조금씩 말소리 잦아들고. 조명 어두워진다.

테이블 앞에 멈춰 선 그들은 교차하며 텀블링을 한다. 이어지는, 이어지는 텀블링. 여인들의 몸은 겹쳐지고, 또 떨어졌다가, 다시 하나가 된다. 잔은 천천히 눈꺼풀이 감기고. 이내 다시는 뜰 수 없을 정도로 무거워지고. 정신은 더욱 더 또렷해져서, 작은 뒤척임에도 도무지 견딜 수 없어진다. 잔은 울고 싶은 기분으로 꿈의 어깨에 기댄다. 꿈은 계속해서, 잔의 손바닥을 주무른다. 잔은 식은땀을 비 오듯 흘린다. 절대로, 꿈속이라는 걸 알아차려서는 안 돼.

안 돼

안 돼

안 돼……

ㅇ

꿈은 외근이 잦았다. 꿈이 자리에 없는 동안 잔은 캄캄한 방에서 하루 종일 혼자였다. 비문학 지문 속에서 문학적으로 보이는 구절을 찾아 Ctrl+C — Ctrl+V 하고, 가사 없이 우울한 노랠 들으며, 시집을 읽다가, 맥주 한 캔을 비우고, 천천히 이를 닦고, 세면대에 아무렇게나 놓인 꿈의 칫솔, 쉐이빙 폼, 다 끊어

진 머리 끈, 샤워 타월 같은 걸 보고 있자면 꿈의 삶이 더 궁금해
졌다.

점심시간이 되면 1층 직원들이 식사하러 가자며 메시지를 띄
웠다. 그들은 게임 속의 NPC처럼 같은 시간에 같은 말을 반복
했다. 미로 같은 계단을 내려가 매일 다른 차를 타고, 매일 다른
메뉴를 먹고 들어와, 다시 조용히 틀어박혔다.

꿈이 출근하는 날에, 잔은 항상 오랜만이네요, 라는 인사를
나눴다. 실제로 꿈속에서는 매일 만났는데, 마치 한 달은 못 본
것처럼 느껴졌다. 꿈은 종종 발코니에 나가 멍하니 담배를 피우
기도 하고, 오랫동안 누군가와 통화를 했다. 웅얼웅얼 들리는
꿈의 목소리가 깊은 물속에 있는 것처럼 들렸다.

○

대표는 순수문학을 경멸하는 사람이었다. 머리카락과 덥수
룩한 수염은 하얗게 세고, 예술과 함께 죽어 가는 것처럼 생긴.
물론 예술가의 인상이라는 것은, 잔의 편견이었지만. 그는 쿠키
를 좋아했다. 이것은 편견이 아니다. 그는 언제나, 무언가를 아

작아작 씹어 먹고 있었다. 그렇지 않으면 입도 벙긋 떼지 못했다. 바삭하게 잘 바스러지고, 아몬드 같은 게 군데군데 박힌 그것은 퍽 맛있어 보였다. 잔은 언제나, 그 쿠키의 이름을 알고 싶었다.

그는 뼛속까지 엘리트주의가 들어찬 사람이었는데, 스스로 어딘가 열려 있는, 젊고 젠틀한 이미지로 꾸며내는 것을 즐겼다. 자신의 이론이 통하지 않거나 멋쩍을 때는 사람 좋은 산타클로스처럼 허허허, 웃었다. 그는 어느 날, 회의를 진행하다 "문학은 이 세상에 아무짝에도 쓸모없다."라고 말했다. 어떤 면에서는 맞는 말이고, 어떤 면에서는 절대적으로 틀린 말이다, 라고. 잔은 생각했다.

문학은 무의미에 의미가 있기 때문에. 마치 아무것도 존재하지 않아야만, 즉 '무'의 상태여야만 존재할 수 있는 허공의 모순처럼. 그의 말 속에서 모순을 찾아내기란 무척 쉬웠다. 다만 인간은 저마다 꼭 하나씩은 모순적인 면을 가지고 있다고 생각했기 때문에, 별로 놀랍진 않았다. 잔은, 스스로 물어보고 답을 내리는 것에 특화된 인간이었다. 때때로 어떤 사실에 대해 깊이 파고들곤 했다. 사실이라는 것은 정물처럼 그대로 놓여 있을 뿐이

고, 사실을 관찰하는 것은 인간이 하는 일이다. 잔은 자신이 이런 인간이라는 사실이 가끔 경악스러웠다. 아니, 인간이라는 사실 자체가 오래도록 실감나지 않았다.

이곳에서 문학을 사랑하는 것은 꿈과 잔, 단 둘뿐이었다.

○

「우리는 서로의 삶에 침투하면서 가까워지는 게 아닐까요? 나는 나로서, 당신은 당신으로서, 거리를 두고 독립적인 개체로서 만나는 것이지만. 크고 작은 균열은 생길 수밖에 없더군요. 하지만 균열도 잘 메우면 괜찮아요. 각자의 견고한 세계가 갈라질 때, 그 틈새로 새살 같은, 따뜻한 마음들이 자라니까요.
그거 알아요? 누군가와 이야기를 나누다 문득 감정의 끈이 뚝, 끊어지는 느낌 말예요. 아차, 싶을 때 있잖아요. 어떤 주파수나 결이 맞지 않는다는 느낌. 그럼에도 적당한 거리를 두고 이어가는 관계가 있고, 그저 놓아 버리는 관계가 있겠지요. 나도 누군가에겐 감정의 끈을 자르고 도망가는 사람일지도 몰라요. 그런데 끈이 탄탄하게 묶여 있는 사람들과는 그저 '나'로서 있어도 괜찮았어요. 아무 말 하지 않아도 편안하고요. 서로에게 연결되어 있으니까요. 가끔은 그들을 너무나도 안아 주고 싶은데, 늘 생각으로만 그치죠. 앞으로는 용기 내어 안아 주려고요. 그때 왜 먼저 안아 주지 못했지, 생각하기 전에…….

　그래요. 나는 선택하는 사람이에요. 반대 입장이 되면, 언제나 그 끝은 실패였어요. 이미 알고 있는지 모르겠지만, 당신은 정말 좋은 사람이에요. 소중한 곁을 내어 주어서 고마워요. 당신은 나를 얼마나 알고 있나요? 그런 건 사실 중요하지 않지만, 궁금해요. 지금은 그저 고맙다는 말을 하고 싶어요. 우리가 이 넓은 세계에서 다만 오늘의 모습으로, 마주할 수 있는 건 놀라운 일이죠. 이렇게 신기한 기분을 끝까지 기억할래요. 얇고 넓게 피곤해질 바에 좁고 깊게 치열할래요.

　그래요. 난 이렇게 생겼어요. 인생은 즐겁기에도 시간이 부족한 걸요. 산책은 매일 해도, 또 하고 싶은 걸요. 아직은 살고 싶어요. 죽기 전에 나랑 같이 놀래요? 언젠가 훌쩍 떠나 버릴 수도 있지만. 괜찮아요. 당신에게 깊이 박히는 사람이 되고 싶어요. 바람이 세찬 어느 날 밤, 문득 머릿속을 스치는 하나의 얼굴이 되고 싶어요.」

o

　그리고 세 달이 지났다.

　바람이 꽤 차가워져, 자리에 푹신한 방석을 깔았다. 꿈이 전보다 더 자주 자리를 비웠다. 일주일 전에 보낸 언어연구 보고서는 피드백이 없었다. 듀얼 모니터가 검은 화면을 띄우고 한동안 조용했다. 꿈은 메시지로 몇 가지 업무를 지시하고는 덧붙였다.

　「내가 없어도
　씩씩하게 잘 지내 주어서 고마워요.」

　잔은 월풀 욕조가 있는 발코니로 나가, 흔들리는 나뭇잎들을 바라보았다. 가을이었다. 가을임을 깨닫는 순간은 이렇게 갑작스럽게 온다. 때늦은 모기들에게 손목을 몇 방 물린 후에야, 방충망에 조그만 구멍이 나 있었다는 사실을 알았다. 테이블에 몇 개비 나뒹구는 꿈의 담배를 만지작거리다가, 제자리에 두었다.

o

    얼마 있지 않아, 꿈은 사직서를 냈다. 모든 직원들이 참석한 회의에서, 꿈은 마지막으로 자신이 기획한 포스트 시즌 기획 발표를 성공적으로 마쳤다. 꿈은 단정히 일어나 빔 프로젝터 앞을 지나갔다. 'Thank You'라는 글자의 빛이 꿈의 조그만 몸을 투과하는 것처럼 보였다. 꿈이 방으로 돌아와 조그만 소지품들을 핸드백에 넣을 때, 잔은 조금 망설이다, 물었다.

「이제 어쩌죠?」

    꿈은 라이터를 뒷주머니에 넣다 말고, 눈은 모니터에 둔 채 띄엄띄엄 대답했다.

「몸이 좀, 안 좋아, 졌어요.
  당신을, 도와줄 사람들은, 많아요.
  ……나는, 당신이 방임형, 인간이라, 좋았어요.」

    잔은 꿈의 동그란 뒤통수를 바라보며, 다시 물었다.

「다음에 뵐 수 있을까요?」

「살아, 있다면요.」

　　　　　　　　　　　　○

　금요일 같은 월요일. 헛헛한 마음으로 방문을 열었는데, 아무
것도 쓰여 있지 않은 상자 수십 개가 문을 막고 있었다. 힘주어
열어젖히고 보니, 꿈의 책상이 깨끗했다. 햇볕이 레이스 커튼과
함께 펄럭였다. 잔은 제법 무거운 상자들을 하나씩 발로 밀어 구
석에 쌓아 두었다. 1층 직원이 메시지를 띄웠다.

「오늘부터 내려와서 같이 일해요.」

　창밖, 정원에서 모르는 개들이 오래오래 짖었다.

3부

실패
수 집 가

열네 번째 편지

×

실패수집가失敗蒐集家 − 단잠

강은 오늘부로 실패수집가가 되었다.

메모 1 _____ 실패수집가의 역할

- 근사하고 자유롭게 실패하며

- 소소한 실패들을 기록 및 분석하며

- 때로는 실패를 실패하며

- 실패로부터 배운 내일의 힌트를 당신과 나눈다

당신은 강의 찬란한 실패들을 기대할 수 있다. 그가 실패 속
에서 어떤 희망을 건져 올릴지는 아무도 모른다. 가끔은 성공
할 수도 있다. 다만 한 인간이 던지는 질문들을 체험하는 방식으

로, 실패에 대한 관점을 조금만 틀어 보면서.

　오늘 강이 실패한 것은 '단잠'이다.

○

　강은 잠을 가지고 싶다. 아주 달콤한 잠을.
아주 작은 죽음을.

　강은 매일 꿈을 꿨다. 별로 놀라울 것도 없었지만, 꿈을 좀처
럼 기억하지 못하는 이들은 종종 신기하게 여겼다. 평행 세계처
럼 존재하는 그곳의 일상이 그리워질 때도 있다. 한 달 전에 갔
던 건물을 또 가기도 하고, 어느 날에는 레몬색 머리카락을 가진
사람과 함께 날아다니기도 했다. 그는 누구일까. 이름도, 나이
도, 성별도 아무것도 모르지만 어쩐지 또 만날 것 같다는 느낌이
든다.

　우연히 주머니에 잠을 달고 다니는 이를 만난다면 좋겠다. 괜
찮다면 한 개만 떼어 달라고 부탁하고 싶으니까. 그럼 강은 무엇
을 나눠 줄 수 있는가? 가능한 뒤척이며 덜 자는 능력이겠지.

강은 '단잠 접속'에 성공하기 위한 방편으로 새 잠옷을 샀다. 잠옷의 이름은 참 정직하구나, 생각하면서. 검색 창에는 갈 길을 잃은 단어들이 쌓여 갔다. '파자마, 홈웨어, 라운지 웨어, 면 티셔츠, 집에서 입는 옷, 편한 옷, 잠 잘 오는 옷……'

강은 주로 외출복의 개념에서 탈락한 옷들을 입고 잤다. 프린팅이 화려해 바깥에선 입기 꺼려지는 티셔츠, 고양이나 토끼 그림이 그려진 파자마 바지. 죄다 헐렁거리고 질려 버렸다. 사실 직접 산 옷은 없었다. 있다 해도, 기억에 없는 옷들이었다.

강은 티셔츠를 널면서 이래선 안 되겠다는 생각이 들었다. 숭고한 잠을 맞이하기 위해 작은 노력이라도 해야겠다고. 긴팔과 긴바지 세트로 이루어진. 잠시 현관 앞에 택배 상자를 주우러 나갈 때에도 떳떳한. 까슬까슬하지 않으면서 부드러운 재질의. 속옷 없이 입어도 편안한. 짙은 회색 잠옷을 입었다.

그러나 실패했다.

근사한 잠옷은 소용없었다. 오후 동안 땀을 흘리는 운동을 하고, 따뜻한 물로 샤워하고, 데운 우유를 마셔 보아도 소용없었다. 그렇다면 무엇이 잠을 도울 수 있을까. 수는 그것이 '편안한 마음'이라고 생각해 본다. 편안한 마음을 준비하려면 누군가 곁에 함께 누워 있거나, 빨래나 설거지가 쌓여 있지 않으며, 혹은 유보된 약속이 없고, 뒤척일 만한 걱정거리가 없으며, 내일 당장 나갈 일이 없으면 된다. 그러나 이러한 조건을 모두 달성하기란 쉽지 않았다.

목구멍이 조금씩 좁아진다. '또 시작이군.' 강은 생각한다. 그럴 때에는 당황하지 않고 창문을 살짝 연다. 아주 미세하게 바람이 드나들 수 있도록. 하얀색 창문. 두 겹으로 되어 있다. 단, 한 겹만 열어야 한다. 그리고 숨을 쉰다. 들숨에는 교감신경계가, 날숨에는 부교감신경계가 활성화된다. 수는 프리랜서 에디터로 일한 적이 있다. 어느 날, 정신의학과 의사와 인터뷰하면서 알게 된 지식이다. 실제로 정확한 호흡은 안정제를 먹는 것과 같은 효과가 있다고. 우리가 불안 앞에서 약 없이 할 수 있는 일은 단지 숨을 잘 쉬는 일뿐이라고.

그래도 실패하면, 애착 인형을 끌어안는다. 펭귄의 형상을 하고 있는. 펭펭이의 발이나 꼬리를 잡는다. 하지만 꼬리는 너무 작아서 그립감이 없다. 앞발이나 뒷발 어디든 상관없다. 일단 잡고 있으면 푹신하다. 말랑하다. 부드럽다. 왜 푹신함은 안정감을 줄까?

실제로 강은 겨울 이불을 두 개 덮고 잔다. 베개도 다섯 개다. 이불과 베개의 무게에 폭닥폭닥 눌려 있고, 누군가 다리를 올려주거나, 벽에 붙어 자면 안정감이 든다.

강의 기록은 훗날 '단잠 접속'에 성공했을 때,
요긴한 데이터가 될 것이다.

메모 2 _____ 어젯밤의 단잠 실패 요인

1) 햇빛 없음

2) 사람 없음

3) 걱정 있음

4) 마감 있음

5) 골든타임 놓침 (오후 10시~새벽 2시)

메모 3 _____ 램수면 상태의 인간은 사실 생생한 꿈을 꾸고 있다.

강은 이를 테면, 반만 잠드는 사람일지 모른다. 뇌 전체가 잠들지 않고, 한쪽 반구만 잠을 자는 물개나 돌고래처럼.

어떤 스위치만 딸깍, 눌러도 잠들 수 있다면 고민 없이 누르겠다. 그러나 허기를 면하는 것도, 죽음을 맞이하는 것도, 잠옷 하나를 구입하는 것도 그리 간단하지 않다.

강이 단잠에 들고 싶은 이유는, 정말 잠이 필요해서가 아니라 잠들지 않으면 죽기 때문이다. 인간이 잠들지 않고 살 수 있다면, 강은 영원히 잠들지 않을 것이다.

……라고 말했을 때,

코웃음 치지 않는 사람을 본 적이 없다.

어젯밤은 정확히 말하자면, 몸에 갇힌 느낌이 들었다.

몸은 지루하다. 몸은 거의 두꺼운 사탕 껍질 같다.

'사탕 껍질이 사탕을 보호해 주지 않는가?' 라는 질문을 던질 수 있다. 물론 사탕의 온전함을 위해서는 포장지가 필요하다. 그렇다면, '몸이 영혼을 보호해 주는가?'라는 질문은 성립할까. 그보다는 몸이 있어야 영혼이 기능하는지에 대해 고민하는 편이 낫겠다. 영혼은 몸 안에서만 존재하는 것일까.

　강은 아직 살아 있는 상태이므로 알 수 없다.

　영혼, 그리고 마음은 울퉁불퉁한 사탕. 아무런 색도 맛도 없다.

　그렇지만 녹여 먹거나, 씹어 먹을 수 있다. 그중에서는 절대 녹지 않는 마음도 있다. 그런 마음을 많이 가질수록 좋다.

　몸과 마음은 밀착되어 있다. 마음이 아프면, 몸에서 반응이 나타나고, 몸이 아프면, 마음 또한 같은 크기의 고통을 받는다. 그 둘이 환상의 콤비처럼 한 쪽이라도 제 몫을 다하지 못하면 이렇게 단잠은…… 실패하고 만다.

　잘 보이지도, 잡히지도 않는 단잠. 얄미운 흰 머리 같다. 눈앞에서 가뿐하게 놓쳐 버리는 것이, 꼭 닮았다.

　팬데믹 시대의 영향으로 실내에서 생활하는 기간이 길어진다.

　훗날, 강은 어떤 방식으로 이 시간을 기억하게 될까. 다만 강은 눈앞에 놓인 물건을 본다. 오트밀 색 머그컵. 조그만 천이 두 개 들어 있는 안경집. 벽에 걸린 검은 마스크. 스프링 모양 머리띠. 커튼에 달린 해 모양 집게. 연두색 사과 그림.

가능한 몸을 움직이기로 한다. 빨래 개고, 설거지 하고, 요리를 하거나, 퍼즐을 맞추고, 화분에 물을 주고, 가볍게 산책을 하고, 이불을 털고, 편지 쓰고, 가끔은 아무 생각 없이 춤도 추고.

강은 결국 고민하다 영을 부른다. 영은 별로 놀라거나 대수로 워하지 않고°, 침대 옆으로 온다. 싱글침대는 두 명이서 함께 눕기에 좁다. 몸을 구겨서 누우면 된다. 펭펭이로 경계를 치고. 영은 강의 손등 위에 자신의 손바닥을 포개어 놓는다.

강은 그래도 숨이 잘 쉬어지지 않는다. 실패에는 언제나 '특단의 조치'가 존재한다. 다만 자주 쓰고 싶지 않을 뿐이다. 둘은 자리를 옮겨 거실 소파로 향한다. 영의 방인 셈이다. 바닥에는 매트리스를 깔아 영이 눕고, 딱딱한 소파에는 강이 눕는다. 영이 한쪽 다리를 올려 준다.

「잠을 내려 주소서, 단잠을 내려 주소서.」

° 하루 이틀 겪는 일이 아니기 때문. 강은 심지어 어릴 적, 몽유병 비슷한 증상을 보인 적 있다. 아마 대여섯 살 무렵에. 자다가 벌떡 일어나 현관문으로 향한 강은 문을 열기 위해 두드리고, 손잡이를 돌리고, 그러다가 영에게 발각되었다. 그때, 강은 수면 상태였다고 전해진다.

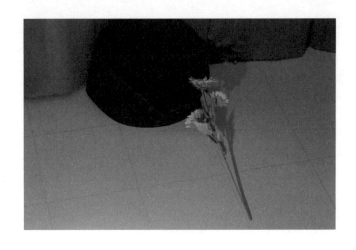

'누군가에게 큰 의미 있는 사람입니다.

그 의미를 항상 잘 지켜 주세요.'

—누군가 주치의에게 받은 쪽지

이윽고 검은 형체가 쇄골 부근으로 훅, 끼쳐 온다. 마치 몸과 영혼이 분리되었다가 다시 붙는 느낌이다. 잠에 진입하고 싶으면서도 지독히도 잠들기 싫은 한 인간은 한동안 몸서리친다.

"잘 자."라는 인사는 귀하다. 그만큼 축복을 빌어 주는 인사는 또 없다. 누군가의 '의미'를 잘 지키기 위해 단잠이 필요하다.

베개에 눕자마자 잠들지 못해도, 언제나 뒤척이며 실패함에도, 나쁜 꿈을 꾸고 울면서 깨어나도, 계속해서 단잠을 시도하고 실패하겠다. 잠든 사람의 얼굴을 보고도 죽음을 떠올리지 않겠다.

o

어느 날, '단잠 접속'에 기적적으로 성공한다면
멀리서 펭귄 인형을 흔들게요.

어느 샌가 잠들어 있는
강혜빈 드림.

열다섯 번째 편지

×

팔레트, 늪, 사랑 – 지구 반대편에서

당신에게,

어떤 기억은 어떤 기억으로 덮을 수 있습니다. 물감을 잘 개어 덧칠을 하듯이. 다만 모두 말리고 나서 칠해야 밑색이 우러나오지 않겠지요. 검정을 하양으로 지울 수 있습니다. 포옹의 힘을 믿고, 사랑을 말하고 싶다면, 우리가 일어서는 탄력성을 믿고, 실패해도 괜찮다는 사실을 새롭게 배운다면.

애써 그린 그림 위로 물통이 엎어져도. 금세 잊어버릴 수 있는 것. 너무나 원하는 물건을 사러 갔지만, 모두 팔렸을 때. 웃으며 돌아갈 수 있는 것. 그런 것들이 멋지다고 생각합니다. 파리에서 들른 갤러리. 마티스의 그림들을 기억합니다. 처음 보았던 날만큼 커다란 감동은 없었지만. 아마 그땐 연인과 헤어지고 나서였을 거예요. 퐁피두가 지은 퐁피두센터에서 헤어진 우리는, 비참했죠. 무엇이 울게 했나요? 나는 아직도 알 수 없습니다. 슬픔을 캐리어처럼 질질 끌고 다녀서 비어 있는 공터만 봐도 눈물 났을 테지요. 그러나 나아진 채로 바라보는 풍경은 바삭합니다.

마레 지구에 가면 빈티지 숍을 꼭 들러요. 골목골목 아기자기한 가게들. 짙은 초록 체크무늬 치마와 파란 재킷은 너무 근사한데. 왠지 한국에선 손이 안 가네요. 그럼에도 불구하고 요즘에는 컬러풀한 물건과 옷가지에 눈길이 갑니다. 마음이 흐려서 그런가요? 봄이 오면 다시, 마레를 꺼내 입어야겠습니다.

겨울을 좋아했습니다. 어릴 적부터 그랬어요. 겨울과 새벽, 어둠과 무너지는 것들. 죽음에 가까운 그림자들……. 이제는 그런 것들이 지루합니다. 좀 더 입체감 있고 살아 있는 것들을 모으고 싶어요. 기피하던 햇빛을 찾아 나서게 되었거든요. 늘 어떤 말을 하고서는 다시 뒤돌아봅니다. 어제 믿었던 사실이 오늘은 믿을 수 없는 사실이 되어 있듯이. 세상에 불변하는 것은, 영화 <겨울왕국>에 등장하는 올라프의 말처럼 사랑밖에 없을 겁니다. 무엇보다 가장 강한 힘. 우리를 이어 줄 수 있는 힘. 악을 파괴할 힘.

마레는 불어로 '늪'이라는 뜻을 가지고 있습니다. 어느 여름에 쓴 시 「라넌큘러스」를 떠올립니다. 라넌큘러스라는 꽃은 습지에서 자랍니다. 가만히 있어도 발이 푹푹 빠지는 우울 속에서. 나를 벼랑으로 끌어내리는 중력 속에서. 매일 마음을 붙들고 버텼습니다. 발끝에 힘을 주면서. 나의 쓸모를 생각하면서. 환하게 반짝이던 어제들이 아주 머나먼 옛일 같아요. 나의 상태를 알고 있는 것만으로도 다행이라 여겼던 시절.

오늘은 잘 지냈잖아. 아침 점심 저녁으로 밥도 챙겨먹고, 일도 열심히 하고, 운동도 하고 말이야. 다만 겉으로 행하는 것들이 모든 것을 설명해 주지 않습니다. 빠져나오려 애쓸수록 더 깊이 빠지는 늪처럼. 힘을 풀고 해가 뜨기를 기다립니다. 나를 구원해 줄 수 있는 것은 오로지 나뿐일 테지만. 그저 사랑하는 이들의 눈동자를 바라봅니다.

행복에 젖어 있을 때, 시는 넓은 들판에서, 벤치에 앉아 나를

물끄러미 지켜보고 있습니다. 그저 한마디도 걸지 않고 비둘기들에게 빵 조각을 던지지도 않고 햇빛을 햇빛이라 읽습니다. 두 번째 갔던 퐁피두에서 보았던 조형물과 그림을 다시 보았을 때. 반가우면서도 시시했습니다. 요즘은 탁하고 옅은 푸른색이 자꾸만 눈에 밟힙니다.

인간은 변합니다. 하지만 저절로 변하지는 않습니다. 턱 끝까지 차오르는 말들을 참아 보거나. 문 앞을 한참 서성이다가 용기를 내어 들어가거나. 세상의 뾰족한 부분들을 들여다보거나. 무섭다며 회피하던 것들을 마주할 때. 나를 이루는 속성에 대해 질문할 때. 인간은 변합니다. 나는 흘러간 어제에 대해 질문하지 않겠어요.

다만 지금 이 순간, 눈앞에 놓인 그림 한 점을 마주할 때.
모든 것이 천천히 밝아집니다.

당신,

조금씩 투명해지고 있는
강혜빈 드림.

열여섯 번째 편지

×

실패수집가失敗蒐集家 – 원샷

.

오늘 강이 실패한 것은 「원샷」이다.

카페에 들어선다. 사람들은 각자의 자리에 멈춰 있다. 여기저기서 진동벨이 울리고, 또 울린다. 누군가 문득 일어나 화장실로 향한다. 불투명한 문에는 도어록이 달려 있고, 그 옆에는 '불법 촬영 단속 중' 팻말이 빨갛게 붙어 있다. 카페에 머무른다면, 영수증 상단에 적힌 비밀번호를 알 수 있고, 무사히 화장실에 진입할 수 있다.

사람들은 2미터의 거리를 유지하며 앉아 있다. 구름처럼 저마다 흩어져 있다. 강은 테이블에 앉아 오렌지 주스를 마신다.

이유 모를 울적한 기분이 들 때에는 신 맛을 찾는 습관이 있다. 마음에 일종의 쇼크를 주어 잠시 잠깐 마비시키려는 것이다. 오렌지 알갱이들이 작게 작게 혀에 남는다. 조금씩 나누어 마신다. 주스 안에는 순수한 오렌지 과즙이 몇 퍼센트나 들어 있을까. 메시지 알림음이 울린다. 한 번, 두 번, 세 번, 네 번, 다섯 번. 강은 읽던 책을 잠시 내려놓고, 지름 10센티 정도 되는 흰 종이를 끼워 둔다. 굴러다니는 자투리에 지나지 않았던 종이는 이로써 책갈피가 되었다. 이에 낀 오렌지 알갱이가 하나 씹힌다. A4 용지 한 장과 연필을 꺼낸다.

○

심심할지도 모르는 당신에게,

나는 물건 찾는 일을 하는 사람을 생각합니다. 반쯤 남은 오렌지주스는 식어 갑니다. 우리는 마음이라는 창고를 하나쯤 가지고 있습니다. 새로 들여온 마음은 정리를 해도 하나씩 흐트러지고 어딘가로 사라집니다. 오늘 창고를 들어섰을 때에는 잘 구운 치즈머핀 냄새가 났습니다. 그 냄새를 따라서 홀린 듯이 안으로, 더 안으로 들어갔습니다만 냄새의 출처를 찾진 못했습니다.

당신은 머핀을 좋아하나요?

문을 나설 때, 구석에서 어떤 단어를 발견합니다. 그것은 '에테르ether'입니다. 나는 하루 종일 에테르에 대해 생각했고, 아직도 궁금해하는 중입니다. 당신이 스스로를 '이과적인 문과'라고 소개했던 것이 떠오릅니다. 나는 이전까지는 문과적인 문과 인간이었고, 밤을 사랑하는 그림자 인간이었지만, 지금은 이과적인 문과 인간, 낮을 기다리는 햇빛 인간에 가깝습니다.

오렌지주스 한 모금 합니다.

알았습니다.

당신이 생각보다 사람을 좋아한다는 사실을요. 나는 번개처럼 뒤늦게 알았습니다. 자신의 영역을 철저히 지키는 고양이도 사실 다른 고양이를 좋아한다는 걸. 내가 안다고 말할 수 있는 당신은 에테르처럼 이 세계에 실재하지 않는 존재일지도 모릅니다. 화학식으로 우리를 쓸 수 있다면 어떤 알파벳으로 이루어질까요.

어린 시절, 첫사랑이 준 편지와 아끼는 양말 한 켤레와 내가 알던 당신은 어디로 갔을까요. 다만 머핀의 고소한 냄새처럼 잔상만이 남아 있습니다. 간혹 나는 짓궂은 장난을 치고 싶습니다. 손가락을 깨물고 도망가고 싶습니다. 스스로 망가지고, 구원받길 바라는 물건이 되고 싶습니다. ……당신은 물건 찾는 일을 하고요.

나의 집에는 물건이 많습니다. 몇 박스나 버렸는데도 아직도요. 그중에는 당신이 준 물건도 있고, 당신에게 아직 주지 못한 물건도 있습니다. 나는 물건의 기운을 믿습니다. 어느 날, 이태원의 뒷골목에서 들렀던 빈티지 숍이 떠오릅니다. 몇십 년은 족히 되어 보이는 오래된 골동품들 사이에서 저항할 수 없는 기이함을 느꼈습니다. 물건의 영적 기운에 압도당하는, 어지럽고 불쾌한 감각이었지요. 나는 아주 푸른 보석이 박힌 반지를 요리조리 살펴보고 있었는데요. 결국 어떤 존재가 몸을 빌려 오는 느낌에 뛰쳐나오고 말았습니다. 한참을 뛰다가 무너져 내리는 계단에 앉아 몸을 접고 있는, 밤 풍경을 바라보았습니다.

　그 반지는 무사할까요?

　빈 상자처럼 쌓여 가는 마음들이 있습니다. 그 마음들에도
저마다 사연이 있겠고요. 가끔은 풀린 실오라기처럼 튀어나
온 마음도 있습니다. 귀퉁이를 잘라 주면 감쪽같지요. 나는 물
건 찾는 사람이 어떤 일을 하는지 내내 궁금했습니다. 그런데
이제 알게 되었습니다. 도자기를 만드는 사람이 아니었다니,
놀랍습니다.

　같은 자리에 가만히 두었던 오렌지주스는 혼자서 끈적해집
니다. 창고에 사랑이 남아 있다면 나는 그것을 다 써 버릴 요량
입니다. 사랑은, 작은 새의 숨소리 같고, 그것을 듣고 있으면
안쓰럽고 짠한 마음이 듭니다. 나는 그것이 사랑이라 생각하
고요. 당신이 즐거운 일을 한다면 좋겠습니다. 집에 돌아와 침
대에 몸을 뉘였을 때, 껍데기가 된 기분을 느끼지 않길 바랍니
다. 그래도, 우리는 알겠지요. 하고 싶은 것만 하면서 살 수는
없다는 것을. 나는 하고 싶은 일을 하는 나를 지키기 위해 하기
싫은 일을 합니다. 전자는 대부분 시인이고, 종종 생산적이지

못한 나입니다. 시를 쓰는 일은 무용해 보이지만 그것이 있어 세계의 빈틈이 반짝입니다. 우리가 함께 하는 동안에는 시시하고 쓸모 없는 말들로 빈곳을 가득 채우길 바랍니다. 다만 '0'에 가까운, 허공과 순수에 가까운, 햇빛 아래 펄럭이는 빨래와 같이. 아이들이 발화하는 의성어처럼. 고백합니다. 종종 당신이 남성도 여성도 아니라고 감각할 때가 있습니다. 발신인이 지워진 편지를 나는 씁니다.

잃어버린 물건을 생각하는

강혜빈 드림.

○

직원이 다가와 바닥에 떨어진 영수증을 주워 간다. 그것은 구겨져 있다. 그는 반복해서 바닥에 떨어진 쓰레기를 줍고 다닌다. 강은 영수증 상단에 적혀 있던 비밀번호를 생각해 내려 한다. 마지막은 별. 첫 번째는 1. 가운데 세 자리는 미지의 숫자. 그게 뭐였지. 뭐였을까. 뭐였더라……. 집에 돌아올 때까지 숫자는 기억나지 않고, 당신의 이름은 창고의 문을 열고 들어선다. 오렌지주스는 테이블 위에 그대로 남아 있다.

열일곱 번째 편지

×

마사코와 비누

2016년 8월 1일 8시 46분의 기록

한 달 동안 그리스에 다녀오니 집에는 마사코와 규타상이 있다. 규타에게는 '아테네'라는 글씨가 새겨진 여름 모자를, 마사코에게는 파르테논 신전이 그려진 부채를 선물로 주었다. 자세히 보니 마사코의 흰머리가 늘었다. 보드랍게 펼쳐진 은빛 구름처럼.

마사코는 자꾸 수건을 개고 잘 정돈된 옷장을 열었다 닫았다 한다. 가족들은 좋아하지 않는 고등어를 무와 함께 자박자박 조린다. 마른 화분에 물을 준다. 수족관을 살핀다. 마사코는 우리 집에 놀러 오는 게 아니라 일하러 오는 것 같다. 그것이 불편했다.

안전 safety (2020)

질병과 청결 Disease and Cleanliness (2020)

이른 아침부터 분주한 마사코의 바스락바스락 소리 때문에
자주 깬다. 나는 마사코를 이해할 수 없고 그래서 그가 좋다. 마
사코는 지금도 두부를 썰고 있다. 커다란 두부를. 계속해서 썬
다. 아무 소리도 안 난다.

○

나의 첫 시는, 그의 이야기로부터 시작한다. 문창과 학부 시
절, 1학년 1학기 합평 시간에 나는 마사코의 이야기를 발표했

다. 시를 쓰기로 다짐했을 때, 누구보다도 지지하고 응원해 주었다. 새로 쓴 시를 보여 주면 꼭 소리 내어 낭독하고, 마음에 와 닿는 부분을 이야기해 주던 사람. 천진한 아이처럼 맑은 사람. 마음에 사랑이 많은 사람. 나를 있는 그대로 바라봐 주고, 귀하게 아껴 주던 사람. 때로는 허물없는 친구처럼 고민을 나누던 사람. 그를 기억하기 위해 다시 쓴다.

○

두 편의 시는 마사코로부터 쓰였으며, 마사코는 그의 이름이다. 어릴 적, 일본식 성명 강요 정책으로 만들어진. '정자'라는 이름보다 먼저 불렸던. 마사코는 코로나19로 인해 한동안 집밖에 나가지 못했다. 너무 춥고, 더운 날 또한 집 안에서만 주로 생활했다. 어떤 변화나 병에 대한 두려움이 작용했을지도 모른다. 마사코는 사람을 좋아했다. 사람을 무척 만나고 싶었을 것이다. 요양병원에 계시는 동안에도, 가족들 면회조차 허락되지 않았다. 나는 종종 이 세계가 너무나 혹독하다고 느꼈다.

마사코는 깨끗하게 정돈된 상태를 좋아했다. 그를 떠올리면 어딘가를 쓸고, 닦고, 치우는 장면이 그려진다. 그래서 두 편의

시에서는, '빨래'나 '청소' 같은 시어들이 종종 등장한다. 어쩌면, 마사코는 모든 것을 표백하고 싶었을지도 모른다. 깨끗하게, 더 깨끗하게.

마사코는 왼쪽 네 번째 발가락이 다른 발가락들보다 짧았다. 자세히 보지 않으면 아무도 모를 정도였지만, 그는 그것을 숨기

려고 늘 덧신을 신었다. 마사코는 다섯 명의 형제들 중 맏딸이
었다. 대목수의 딸이었는데, 무척 유복한 가정에서 부족함 없이
자랐다. 어려운 시절에도 양장점에서 옷을 맞춰 입고, 집 안에
는 전축이나 티브이 같은 최신 가전제품들이 있었다. 마사코는
노래를 듣고, 부르는 일을 좋아했다. 흥이 참 많았다. 함께 있으
면 우리는 자주 웃었다.

소중히 모시고 그의 집으로 돌아왔다. 마사코가 없는 집은 이
상했다. 가족들은 애써 웃으며 밥을 나누어 먹었지만, 뒤편으로
어두운 그림자가 보이는 듯했다. 우리는 며칠을 함께 잤다. 말
하지 않아도 서로가 서로를 위로하고 있음이 느껴졌다.

마사코의 방에 들어가 보았다. 서랍장 위에는 선물했던 꽃반
지와 실팔찌 같은 것들이 마치 새것처럼 잘 보관되어 있었다. 그
는 어떤 선물을 해 주어도 늘 아까워서, 먼지가 탈까 봐 비닐이
나 상자 같은 것들로 포장을 해 두고, 정작 필요할 때는 쓰지 못
했다.

마사코의 서랍에서 내가 어린 시절 쓴 편지를 발견했다. 여
덟 살 때 쓴 것이다. 그는 20년도 더 된 흔적들을 고이 모아 두었

다. 어릴 적에는 사랑한다는 말을 많이 했구나, 생각했다.

　우리에게 주어진 시간은 그리 많지 않다. 예고 없이 이별의 순간은 찾아오고, 아무리 준비를 해도 슬픔의 크기는 줄어들지 않는다. 그동안 너무 많이 울어 버려서, 더는 울지 않을 거라고 생각했는데. 눈물은 어디선가 자꾸만 만들어진다. 어떤 시간은 우리를 앞으로 나아가게 만들고, 이전보다 더욱 단단해지게 한다. 어떤 경험은 우리를 입체적이고 너그러운 인간이 되게끔 만든다. 마사코를 다시는 볼 수 없고, 만질 수 없고, 목소리를 들을 수 없다는 사실이 이상하다. 이상해. 정말로 이상해. 너무 이상해서 나는 자꾸만 이 세계로부터 멀어진다.

2015년 5월 17일 15시 46분의 기록
할머니의 사투리가 싫었다

지나치게 화려한 꽃무늬 원피스와
폴더 폰을 열면 보이는 내 사진

새 애인이 서울 사람이라고 좋아하는
촌스러운 할머니가 정말로 싫었다

할아버지 호칭은 상복 아부지였다

상복 아부지 자전거만 쌩 잘 타제

탁주만 꼴딱꼴딱 마실 줄 알제

밭 한 마지기 없제 영 파이구로

그러면서도 택배로 부친 이 고구마

땡볕에 할배가 다 캤다 하며 으쓱했다

할머니의 사투리를 듣고 있으면

방파제 사이로 스며드는

짭짤한 파도 냄새가 났다

빨랫줄에 오징어들 말라 가는 소리가

평상에 둘러앉은 후포의 풍경이

보일 듯 말 듯 간지러웠다

할머니는 홀연

새 발가락이 자란다며 멀리로 떠났다

그리고 금세

우리 집 곳곳으로 둔갑했다

벽지처럼 반쯤 까진 얼굴로
나를 가만히 바라보다가

욕실 창문이 되어
작은 바람에도 열렸다 닫히며
고장 나기 일쑤였다

잃어버린 사투리들
지금도 먼지처럼 떠다니고

내가 싫어했던 모든 것들은
형광등처럼 늦게 켜진다

등헤엄

당신에게,

나는 평소에 물을 자주 마신다. 일어나서, 씻고 난 후에, 식
사하기 전, 식사 중, 식사를 마치고 난 뒤, 그리고 때마다 종종,
잠들기 전까지. 아무런 맛도 나지 않는 맹물을 조금씩 나누어
마시는 것이다. 하지만 벌컥벌컥 들이키는 일은 거의 없다.
그저 목을 축일 정도로만 마신다. 가끔은 컵에 따른 물을 물
끄러미 본다. 자그마한 기포가 뽀그르르 피어오른다. 내 몸의
절반 이상은 물로 이루어져 있을 텐데, 지치지도 않고 더 많
은 물을 필요로 한다는 사실이 이상하다. 나는 자주 물이 두렵
고, 물을 보고 싶어 하는, 물에게서 도망치려 했지만 실패한,

물을 너무나도 사랑하는 사람이다.

그날 이후, 한동안 물 보는 것을 두려워했다. 지평선이 아름다운 바다라든지, 수영장의 투명한 하늘빛 물. 마치 연한 묵처럼 멈추어 있는 밤의 호숫가. 하얗게 얼어붙은 강물. 티브이 속에서 송출되는 물. 물속을 찍은 사진마저도. 또는 어딘가에 담겨 있는 물. 고여 있는 물. 세차게 흐르는 물. 솟아오르는 물……. 언제 어디서든 물을 마주하면 마음이 딱딱하게 굳어버렸다.

하지만 동시에, 나는 물을 바라보는 것을 지극히 좋아하는 사람이었다. 오랜 시간이 흐르고, 조금씩 슬픔이 걷히고, 침잠되어 있던 빛이 떠오를 때. 나는 천천히 물을 바라보기로 결심했다. 기억하는 마음을 깊이 간직한 채, 내일의 방향을 따라가기로 했다. 어느 날에는, 아무 생각 없이 한 시간 동안 강물을 바라보고 있기도 했다. 그것은 버드나무가 이리저리 흔들리던 센강이기도, 산토리니의 고요한 수영장이기도, 감색 노을 지던 블타바강이기도, 이별한 사람이 떠오르는 한강이기도 했다.

물을 바라보고 있으면, 어떤 기억들이 저절로 딸려 온다. 파도에 쓸려 온 해초나 돌멩이처럼. 문득문득. 의도치 않은 장면들이 툭, 던져진다. 그중 커다란 덩어리는 아빠의 것이다. 아빠와의 좋은 기억은 아주 어렸을 적으로 거슬러 올라가야만 한다. 조금 큰 이후에는 나쁜 기억 밖에는 없고, 성인이 된 이후에는 따로 떨어져 살았기 때문에, 거의 없다.

내가 아이였을 때, 바닷가에서 몇 년을 지낸 적이 있다. 두꺼운 앨범을 펼쳐 보면, 커다란 물안경 쓴 아빠가 웃고 있다. 지금 내 나이쯤 되어 보이는 앳되고 흰 얼굴. 검은 머리카락. 커다란 북극곰 같은. 가지런한 이를 보이며. 조그만 나는 알록달록한 튜브 위에 누워 있다. 덜 조그만 나는 수영 모자를 억지로 뒤집어쓰고 있다. 사진 속에서 그는 대부분 물속에 있다. 목마를 타고 높은 곳에서 내려다보는 파도는, 무섭고 아름다웠다.

영화 <문라이트>에서, 후안이 파도 속에서 샤이론의 몸을 지탱해 주는 장면이 오래 남는다. 그 영화를 보면서 나의 시 「등헤엄」을 떠올렸다. 그 시는 아픈 아빠를 생각하며 썼다. 오랜만에 만난 그에게 직접 보여 준 시이기도 하다. 어릴 적, 아빠에게 수영을 조금 배웠는데, 그는 이상하게도 배영만 가르쳐 주었다. 어설픈 배영을 시도하기 전에, 우선 물에 뜨는 법을 먼저 배웠다. 구름 한 점 없는 하늘 보며 물 위에 누워 있으면, 나라는 사람이 한없이 작아지는 기분이었다. 몸의 힘을 빼는 일. 물의 선함을 믿는 일. 무엇보다 어려운 일이라고 느낀다.

작년 어느 날, 사랑하는 사람이 수영을 알려 주었다. 실제로 물속에 온몸을 뉘일 때까지 어떤 다짐이 필요했다. 그 사람이 프로 수영 강사라는 점이 마음을 조금 놓게 했지만, 막상 물을 마주하니 숨이 탁 막혔다. 나는 숨을 크게 쉬고, 용기 내어 물 속으로 한 발자국을 뗐다.

"난 너무 많이 울어서 어쩔 땐 눈물로 변해 버릴 것 같아."°

'304낭독회'에 처음 간 것은 2015년 봄이었다. 대학에 다닐 때부터 대략 여섯 번의 낭독과 두 번의 일꾼을 했다. 그동안 어떤 것들은 바깥으로 드러났고, 어떤 것들은 여전히 가려져 있었다. 매번 노란 소책자를 가방에 구겨지지 않게 넣으면서, 눈물을 어디에 두고 나와야 할지 모르겠다는 생각이 들었다. 함

° 영화 〈문라이트〉 대사 중에서

께 말하고, 기억하고, 걸어가는 일. 마음 한구석에 꼭 안고, 어떤 기도처럼 되새겼다. 늘 4월 16일이었다. 어느 날에는, 연희에서 낭독했다. 10대 시절, 일찍 떠난 친구를 떠올리며 쓴 시였다. 나무와 햇빛들이 함께 흔들리고 있었다. 내 차례에 새들이 크게 울어서 목소리가 작게 느껴졌다. 새들이 이상할 만큼 오래오래 울었다.

나도 새처럼 울고 싶다. 사실은 웃고 있는지도 모른다. 아니, 어쩌면 그저 중얼거리고 있는지도. 나는 너무 많은 눈물을 흘렸다고 생각했는데, 여전히 새로운 눈물은 만들어진다. 너무 아픈 이별과 너무 아픈 기억들은 별일 없이 사는 사람처럼 잊고 지내는 척하는데, 사실은 아무것도 잊지 못했다. 앞으로도 잊지 못할 것이고, 잊지 않을 것이다. 다만 천천히 삶의 아름다움도 발견하게 될 것이다. 밥을 잘 먹고, 잠을 잘 자고, 아무 생각 없이 웃기도 하고, 누군가를 사랑하면서. 스스로 살아 있는 사람인 것이 죄스럽게 느껴질 때. 다만 당신의 이름을 부르고, 당신을 그리워할 것이다. 누군가를 끝내 기억하는 일에는 중력보다 커다란 힘이 있다고, 나는 믿는다.

　바람이 아침저녁으로 조금씩 차가워지고 손등이 건조해지는 것을 보니 또 다시 가을이다. 건강을 위해 운동을 시작한 이후, 달력에 노란 동그라미 스티커를 붙인다. 운동을 하지 못한 날은 비워 둔다. 거실 바닥에 요가 매트를 깔아 놓고, 스트레칭을 하고, 플랭크와 스쿼트를 한다. 고작 내 몸의 무게를 버텨 내는 것이 이다지 힘겨운 일이었다니, 여실히 느끼면서. 그리고 달력을 보고 알았다. 곧 아빠의 기일이 다가온다는 것을. 이렇게 사람의 기억은 무섭다. 너무 많이 울고, 너무 많이 슬펐던 작년 이맘때. 다시 선명해지는 어떤 축축함들. 그러나 나는 숨을 크게 들이쉬고, 나만의 방식으로 그를 애도해야지.

아무도 모르게, 당신을 매일 기억하고 있다고, 사실은 많이 사랑한다고 말해 주어야지. 꿈에서라도 건강한 얼굴로 만날 수 있어 다행이라고.

나는 밀려드는 세계를 박차고 나아갈 것이다.
우리 안에 남아 있는 지느러미를 다 쓰게 될 때까지.

다음에는 비로 태어나고 싶은
강혜빈 드림.

열아홉 번째 편지
×

노이즈 캔슬링

당신에게,

안녕, 있나요. 나는 여기 있어요. ASMR 버전입니다. 목소리
에 집중해 주세요. 팬데믹 시대로부터 지나간 장면을 꺼내 보
려고요. 세계를 그려 내는 방식은 무척 다양하지만, 저는 SF
장르가 끌리네요. 판타지가 더 현실 같고, 현실이 판타지 같달
까요. 음, 아직 좀비가 되지는 않았어요. 미래나 과거로 순간
이동 하는 법도 모르지만. 2022년에는 오미크론 바이러스가
대유행인가 봅니다. 이쯤 되면 무언가 대단한 일이 벌어질 줄
알았는데요. 인간은 적응의 동물인지 다음에 주문할 마스크
의 색상과 디자인을 고민하고 있습니다. 지구 반대편에서는

아직도 전쟁이 일어나고요. 고양이들은 그림자보다 낮은 곳에 숨어 있고요. 지금 누우면 몇 시간이나 더 잘 수 있을까, 고민하는 순간에도 누군가는 죽어 가고, 누군가는 새로 태어나겠지요. 이 마저도 지나간 과거의 기록으로 남겠지만. 나는 성실히 오늘을 기록합니다. 보이지 않는 바이러스 탓에, 통 외출을 하지 못했어요. 직장과 집을 반복하는 삶입니다. 물론 지하철에는 시를 쓰고요. 아, 여행 가고 싶네요. 사주에 역마살이 있어서 계속 밖으로 나돌아야 한다나요. 당장은 어려워도 여기서는 무엇이든 가능하지요.

말 나온 김에 제주로 가 볼까요. 맑고 높은 섬의 하늘. 조금은 후덥지근한 바람. 마스크 쓴 돌하르방이 반겨 주는 제주 공항으로. 떠난 건 여름이었어요. 여간해서는 살이 잘 타지 않는 편인데, 시간 가는 줄 모르고 물놀이를 해서 등이 네모나게 그을렸지요. 제주의 바람은 서울의 그것과 달리 서늘하고 당찬 바람. 곳곳의 야자수는 보기에 좋았습니다. 일기예보에 따라 비가 내릴까 걱정했지만 여행 내내 쾌청했고요. 친구가 선물해 준 코닥 펀 세이버와 평소 휴대용으로 즐겨 쓰는 필름 카메라를 들고 갔어요. 그리고 두 롤을 모두 채웠죠. 현상한 필름 속에서 나는 자주 눈을 감고 있었고, 웃고 있었고, 아무런 꾸

밈없는 그저 나였고, 그 모습이 좋았습니다. 마스크를 쓰고 떠난 여행도 나중에는 생경하게 느껴질 거예요. 지난하고 애틋한 어제들로 남을 거고요. 팬데믹 이전의 시대는 돌아오지 않아도, 그리워하며 돌아보지 않을 거예요. 머지않아 그래도 될 거예요.

나의 별명 중 하나는 '럭키 빈'이에요. 어릴 적부터 운이 좋다고 느낀 적이 많았는데요. 실제로 그렇든 아니든, 그보다는 말에는 힘이 있다고 믿어요. 비관적인 상황을 뒤집는 건 한마디 작은 말들이었거든요. 제주에서는 날씨의 신마저 도왔어요. 이럴 때는 "역시 럭키 빈이야."라고 한마디 해 주면 돼요. 그 말은 내뱉음으로써 이 세계에 이입되고 성립되는 거죠. 물론 어딘가에 적어도 좋아요. 이래서야 전부 망했다는 생각이 들 때, 막연히 힘내자, 기운 내자는 말보다는 "망하면 어때. 다시 하면 되지."라는 말에 더 기운이 났어요. 펑펑 울고 일어나서 다시 책상 앞에 앉는 거예요. 그런데 말이 쉽지, 일을 시작하는 데에는 큰 용기가 필요합니다.

당신도 한 번쯤은 꾸물거려 본 적 있나요? 저처럼 어떤 사람들은 어떤 일에 착수하기가 더 힘들대요. 흐트러짐 없이 완벽하게 끝내려는 강박 때문일 수도 있습니다. 완벽주의를 원료로 삼으면 물론 좋은 점도 있어요. 높은 성과를 낼 수 있다는 점이지요. 그러나 번아웃이 지나간 자리에는 재와 눈물만 남습니다. 침대에서 책상까지의 거리는 고작 1미터도 되지 않는데. 왜 그렇게 멀어 보이는지 모르겠어요, 선생님. 선생님은 고개를 끄덕이시더니. 불안이랑 너무 친하대요. 선천적인 거라면 조금 억울한데요. 어쩌겠어요. 솔루션이 필요하다 느낄 때쯤에는, 너무 멀리 와 버린 것 같았지만. 하루 이틀 살고 말 거 아니니까요. 주기적으로 로제떡볶이도 먹어야 하고, 넷플릭스도 봐야 하고, 눈 떠 보니 주식 부자가 되어 보기도 하고,

에메랄드빛 오로라도 봐야 하는데 말이죠.

나를 무겁게 짓누르는 일들을 잠시만이라도 가뿐하게 벗어던지고, 일단 책상에 앉은 먼지를 닦기 시작했어요. 책들을 컬러별로 정리하고, 봄맞이 체크무늬 커튼을 새로 달았습니다. 베개 커버도 바꾸고요. 사실 커버 하나도 고심해서 골랐어요. 이 모든 게 일을 하기 위한 수순이라면 믿을 수 있겠습니까. 아무렴 해내면 그만이죠. 죽을 것 같아도 하루에 두 끼는 꼭 챙겨 먹어요. 일어나서 기지개 켜고 이불을 가지런히 정리해요. 아무도 모르지만 나만 알아서 더 소중한 사실들이 있습니다. 부츠 속에 숨어 보이지 않겠지만, 오늘의 기분에 따라 귀여운 양말을 고르는 것처럼요. 그러니까 시선을 어디에 두고 있는지 인식하는 것. 돌부리에 걸려 넘어지면 안 돼, 생각하면 꼭 튀어나온 돌멩이가 더 크게 보이고, 넘어지면 안 된다는 생각 탓에 금세 발을 헛디뎌 넘어져요. 차라리 비어 있는 길 쪽으로 시선을 돌리고, 몸에 힘을 빼고 걸으면 나무도 보이고, 벤치도 보이고. 산책하는 사람의 뒤꿈치도 보이고…… 세계가 나를 통과하여 들어옵니다.

그해 여름, 사랑하는 사람과 섬으로 가자는 약속을 지켰고,

사이좋게 떠나서 사이좋게 돌아왔습니다. 사랑하는 사람은 이제 곁에 없지만 그해 여름은 이상하게 또렷합니다. 햄스터 링을 다쳐 울적했던 여름. 알약 하나를 삼키려고 물 세 컵을 마셨던 여름. 시 쓰기가 재미있던 여름. 가족들과 초당 옥수수를 나눠 먹었던 여름. 친구가 한 접시나 까먹은 완두콩을 발견하는 여름. 파란 머리카락을 휘날렸던 여름. 그러나 아무리 기쁜 일들을 마주해도, 나쁜 일이 동시에 밀려들면 '아무 것도 없음'의 상태로 수렴되어 버려요. 나의 여름방학은 끝날 것 같지 않던 진통제와 물리치료와 함께했어요. 언젠가는 지나갈 거야. 영원한 먹구름은 없을 거야. 다만 나아질 것이라고 믿는 마음으로. 희망 없이 사랑하는 마음으로. 여전히 살아 있는 게 신기했던 여름. 사랑하는 친구들이 건강했으면 좋겠다고 생각한 여름.

그리고 마피아는 고개를 들어 서로를 확인해 주세요. 겨울이 되었습니다. 다행히 아직 살아 있군요. 물론 당신도요. 고맙습니다. 그동안 사람들이 신나게 만든 눈 오리들은 형체도 없이 녹아 버렸습니다. 준비도 없이 나뭇잎은 떨어지고. 준비도 없이 연인의 눈매는 낯설어집니다. 어제는 아득하고 멀어 보입니다. 종종 사진첩을 정리하다가, 이게 정말 있었던 일인가, 진지하게 궁금해지기도 하는 것이에요. 심지어 '작년에는 저렇게 입고 다녔단 말이야?' 하는 의문도 생깁니다. 왜 그랬을까 궁금해해 봤자 이해할 수 없어요. 그때의 나는 최선이었을 겁니다. 어제의 나와 오늘의 나는 너무나 달라서, 아주 작고 미미한 단서만으로 나의 존재를 감각할 따름입니다. 잠들기 전에 컵에 따라 둔 물이 그대로 있다면. 약속을 적어 둔 포스트잇이 모니터에 붙어 있다면. 미리 골라 둔 출근 복장이 문고리에 가지런히 걸려 있다면. 나는 어젯밤 내가 한 일을 알고 있습니다. 공공연히 혹은 은밀하게. 그래서 아침에 무엇을 하려고 했고, 내일은 무엇을 하고 싶은지 알고 있습니다. 어제의 내가 남긴 단서들이 오늘의 나에게 어떤 의미로 다가오는지도, 물론 알 수 있습니다.

만약 인간에게 기억이 없다면, 나는 나를 어떤 존재로 인식할 수 있을까요. 나라는 존재는 이 세계에 그저 주어진 것일까요. 왜인지 몰라도 나를 나라고 믿고, 오지 않을지 모르는 '내일'이라는 개념이 실재한다고 믿는 것입니다. 아이를 돌보듯 부지런히 나를 씻기고, 먹이고, 재우고. 다시 눈을 뜨고, 출근을 하고, 사람들에게 작은 호의를 베풀고, 지루하지만 조금씩 변주되는 일상을 음미해 보는 것이에요. 다만 삶을 이어 갈 수

있게 만드는 것은 기억의 힘입니다. 이를 테면 이런 기억들. 아직은 겨울이라 말할 수 있는 계절. 어느 날에는 눈이 푹푹 내렸어요. 우산을 써도 들이쳤지요. 어느 날에는 국화빵을 파는 트럭에 서서, 한참이나 반죽이 익는 걸 바라보았고요. 국화빵의 삶도 나쁘지 않겠다는 생각을 했습니다. 어느 날에는 어두운 방 안에서 눈물 콧물을 훌쩍였어요. 슬펐나 봅니다. 어느 날에는 상황이 나아지면 만나자는 기약 없는 약속을 하기도 했습니다. 어느 날에는 동네 반찬 가게에서 나물을 사다가 밥을 비벼 먹었고, 어느 날에는 거짓말처럼 사랑이 믿어졌습니다. 그럼에도 불구하고. 또, 다시 말이지요.

이 모든 것은 나의 기억이 발설한 정보입니다.

2022년 02년 일지:

시 일곱 편

에세이 세 편

사진 칠백팔십세 장

포스터 한 개

논문 아홉 편

영화 네 편

책 여덟 권

촬영 세 건

건강검진 두 번

강의 서른두 번

시험 한 번

맥주 –

뱅쇼 세 번

여행 –

날이 풀릴 것 같더니 다시 바람이 차네요. 아침마다 코트를
입을까, 패딩을 입을까 고민하는 걸 보면 아직 겨울입니다. 지

나간 장면들은 근사한 영광으로 남고, 백지에 글을 쓰고 있는 이 순간, 모든 빛이 잠잠해집니다. 평온하고 고요한 상태에 접어든 느낌에 사로잡혀요. 진공이나 무중력 상태처럼. 도시의 소음들이 음소거 됩니다. 쉿…….

　누군가 오랜만에 안부를 묻는다면, 잘 지낸다고 말하기 보다는 그럭저럭 지내요, 대답하고 싶어요. 그럭저럭. 그냥저냥. 그런대로 대충 지내요. 그런데 그게 꼭 나쁘다는 건 아니에요. 요즘에는 슴슴하고 싱거운 게 좋습니다. 이미지도. 음식도. 사람도. 사랑도. 어쩌면 내가 원했던 삶은 이런 모습에 가까웠을지도 몰라요. 일상에 대단한 이벤트가 없어도 좋아요. 하루에 하나쯤은 행복한 일들이 생기더라고요. 그동안 무심했던 것 뿐입니다. 사실 오늘 낯선 골목으로 퇴근했거든요. 코너를 돌자 커다란 반찬 가게가 나왔어요. 홀린 듯이 들어가 단호박샐러드와 톳두부무침을 사서 나왔습니다. 집에 와서 가족들과 나누어 먹는데, 맛 좋았어요. 행복했죠. 별거 아니죠.

　너무 열심히 할 필요도 없더라고요. 그냥 하면 됩니다. 꾸준히 하는 게 더 어렵습니다. 두려움을 부술 수 있는 건 일단 하는 거예요. 내게는 여전히 어려운 일이지만, 이제라도 이 사실을 알게 되었다는 것에 커다란 안도감이 들어요. 주먹에 잔뜩 힘을 주느라 손바닥에 손톱자국이 지워지지 않던 시절이 있었습니다. 이제 그런 시절은 지나가는 중입니다. 나는 단지 짙은 원목 책상 앞에, 청록색 스웨트 셔츠와 체크무늬 바지를 입고, 머리카락을 틀어 올려 묶고, 투명한 안경을 쓰고, 쿠션이 깔린, 두툼한 의자 위에 한쪽 다리를 접고 비스듬히 앉아 있어요.

나는 지금. 있어요.

때때로 호명하고 싶어집니다. 그게 무엇이든. 누구든. 아무것도 아니든. 애착 인형을 안고 잠들면서, 솜뭉치 같은 인형의 손을 잡고, 내일은 아침 일찍 일어나 사과 한 알을 먹을 것입니다. 별거 아닌 다짐도 해 봅니다. 살아 있음에 감사도 해 봅니다. 나는 종교가 없지만, 사람들이 왜 신을 믿는지는 알 것 같아요. 다만 사랑하는 사람이 곁에 누워 있다면 좋겠습니다. 따뜻한 숨을 내쉬는, 천천히 오르내리는 등을 보면서. 아무런 일도 벌어질 것 같지 않은, 깨끗하고 편안한 기분을 느끼고 싶어요. 그런 날이 오기도 하겠지요.

자다가도 이름을 부르면, 서로에게 팔을 뻗어 안아 주는 것.

눈을 감고도 누구인지 알 수 있는 것. 누군가를 부르는 행위란 어떤 존재에 의미를 부여하는 것일까요. 실재하는 의미에 이미지를 입히는 것일까요. 나는 다만 느낌으로 알 수 있습니다. '천사angel'라는 시시한 단어 속에서 반짝이는 빛을. 시니피앙에 갇히지 않는 시니피에를. 매일 사전에서 무언가를 찾고 보고 읽습니다. 어원을 따라가면 흥미로운 점이 많아요. 그것은 빙산이거나 편백나무거나 까마귀거나. 무엇이든 됩니다. 꽃이나 나무 같은 식물의 속성들이 재미있게 다가올 적이 있었고, 요즘에는 조형물의 이미지, 건축물의 이미지를 보는 것을 즐겨요. 나는 다만 느낌으로 알 수 있습니다. 당신의 이름 속에서 일렁이는 물을. 그 물에 손등을 대면, 느껴지는 찰랑임을. 부드럽게 풀어지는 구름을. 평생 얼지 않는 호수를. 그 호숫가를 아까부터 걷고 있는 사람을.

가끔은 부러 이어폰을 빼고 걷습니다. 아무도 듣지 못하는 소리를 들으려고요. 누군가는 싫어하는 소리를 좋아해 보려고요. 뒤섞이는 도시의 빛 속으로 스며듭니다. 더럽고 추하고 축축하고 분주한 장면들을. 나는 끌어안습니다. 한 팔로 안으며 걷습니다.

이 편지를 아직도…… 읽고 있는 당신을, 진득한 당신을, 알

고 싶습니다. 당신이 모르는 당신을, 영원히 알고 싶습니다. 어떤 표정으로 이 책을 덮을지 궁금합니다. 우리는 이미 연결되었습니다. 조용한 편지가, 우리가 우리였음을 알고 있습니다. 운이 좋다면 당신에게 답장을 받게 될지도 모르겠어요.

오로지 당신만이 나를 알고, 나는 당신을 모른 채로 지내도 좋겠습니다. 보지 않고도 볼 수 있고, 듣지 않고도 들을 수 있다면 좋겠습니다. '노이즈 캔슬링'된 세계에서도 울퉁불퉁함을 감지할 수 있다면. 마음에 느껴지는 미세한 떨림만으로도 당신이 거기 있음을 알아챌 수 있다면. 참 좋겠습니다.

우리 죽지 말고 잘 살아요.
더 귀여워진 당신을 기대하며.

지루한 미래에서 꼭 만나요.

총총.

도시의 소음을 좋아하는
강혜빈 드림.

스무 번째 편지
×
*23#

당신에게 처음으로 편지 쓰는

내일의 목도리를 고민하고 있는

그러나 무엇이든 사랑해 버리는

무화과를 가리키는

미안하지만 아직 안 죽는

돌멩이를 잃어버린

잘 살아 있는

행운의 편인

가능한 미래에서 온

잔망의 이름으로

페퍼민트라고 부르는

색깔별로 비니를 모으는

방임형 인간인

어느 샌가 잠들어 있는

조금씩 투명해지고 있는

잃어버린 물건을 생각하는

마사코를 기억하는

다음에는 비로 태어나고 싶은

도시의 소음을 좋아하는

파란 밤에 허밍하는

강혜빈

강이도

파란피 드림.

미래의 파인애플 화분을 기다리며

이것은 오래도록 사물을 바라본 사람의 이야기입니다. 사물에 숨겨진 다른 색을 바라볼 수 있는 사람의 이야기입니다. 누군가는 하나의 사물을 오래도록 바라보는 일을 지루하다 말합니다. 하지만 누군가는 그 과정에서 남들은 보지 못한 색을 찾아내곤 합니다. 이 책에 담긴 것은 그렇게 찾아낸 사물의, 우리가 오래도록 잊고 있었던 숨겨진 색에 대한 이야기입니다.

이렇게 표현하는 것도 좋을 것 같습니다. 강혜빈은 오래도록 바라보는 사람입니다. 바라본 것에 대해 오래도록 말을 고르는 사람입니다. 저는 그를 알지 못하지만 그의 문장에 깊은 신뢰를 느낍니다. 깊은 밤을 오래도록 바라보곤, 주춤거리는 입으로 말을 고르는 사람. 시작된 말에 마침표가 찍힐 때까지 몇 번이고 자신의 말을 들여다보는 사람. 그러고는 보다 적확한 말을 찾아, 다시 걸음을 옮기는 사람. 당신의 문장을 읽을 때면 그런 느낌을 받습니다.

밤과 팔레트라는 두 단어를 덧붙였을 때에도, 미래는 허밍을 한다고 말했을 때에도. 당신의 문장에서 조금쯤 잊고 있던 사실을 새삼스레 돌이켜 볼 수 있었습니다. 도시의 밤이 단지 어두운 것만이 아니라 여러 감정들로 부유하고 있다는 것을, 귀에 들리는 이명과 낯선 소음의 뭉치들이 사실은 미래의 소리라는 걸, 당신으로 인해 기억해 내곤 하였습니다. 그러니, 이렇게 말하고 싶습니다. 까만 어둠 속에서 파란빛을 찾아낼 수 있는 사람을 어떻게 신뢰하지 않을 수 있을까요. 우리의 밤은 단지 까만빛으로만 이루어진 게 아니라고 말하는 사람에게 우리는 모두 속수무책일 수밖에 없지 않을까요.

생각해 보면 당신의 문장은 늘 그랬던 것 같습니다. 살아가기 위해 오래도록 죽음을 바라본 사람의 시선을 느끼곤 하였습니다. 검고 어두운 방 안에서 한 줌의 빛에 대해 가만히 생각하는 사람에 대해 생각하곤 하였습니다. 그건 아마 저만의 착각이겠지만, 당신의 문장에서 같은 기분을 느끼는 사람들을 더러 만나곤 하였습니다. 삶의 명도에 대한 감각을 공유할 수 있는 사람들, 그렇게 불러도 좋을까요. 혹은 한 시절의 어둠 속에서 필사적으로 살아남기 위해 빛을 머금고 있는 돌멩이들이라고 부르는 편이 나을까요? 그런 이들에게 당신의 문장은 오래도록 기억에 남았습니다. "가끔 우리가 살아 있는 게 기적 같아."라던 당신의 문장을, 그 기적이 오래도록 이어지길 바라는 마음으로 다시 읽어도 괜찮을 것 같습니다.

당신의 문장으로 인해, 우리의 밤은 더 이상 검지 않습니다. 찬란한 파랑과 한 움큼의 주홍, 산뜻하게 우리 옆을 스쳐 가는 노랑과 때때로 반짝이는 빨강, 숨어 있다 나온 고양이의 치즈색과 누군가 장난처럼 남기고 간 그림자의 빛깔까지. 그러니 당신의 문장을 잘 읽었다는 말 대신, 당신의 말에 속아 사과대추를 1킬로그램이나 주문해 버렸다고 이야기하고 싶습니다. 당신의 문장을 읽으며 내 머릿속의 붉고 쪼글쪼글했던 대추가 푸르고 아삭하게 차오르는 것을 느낍니다. 마치 조금은 식물성 인간이 된 것처럼 숨을 길게 들이쉬고 내쉬어 봅니다. 성급하게 봄의 소리를 찾아 산책을 해 보기도 합니다. 아직은 조금 추위가 남았지만 씩씩하게 밤 걸음을 디뎌 보기도 합니다. 밤 속에서 파랑과 미래를 건져 보려 합니다. 당신의 문장에서 무언가 내게로 옮아온 것 같은 기분을 느낍니다.

실물감. 이 책에 담긴 그런 산뜻함을 실물감이라고 표현한다면 어떨까 싶습니다. 당신의 문장을 읽으며 느끼는 산책을 하고 싶어지는 기분도, 사과대추를 주문해 보는 기분도, 부서질 듯 힘겨운 순간에 문득 따뜻한 빵이 먹고 싶어지는 기분도 모두 그런 것이 아닐까 싶습니다. 우리 그런 기분에 죄책감을 갖지는 말기로, 슬픔에 진심인 만큼 삶을 누리는 일에도 진심이기를 기원해 봅니다. 기원이라는 말이 무겁다면, 오늘 밤도 우리는 씩씩하게 밤을 걸을 거라는 말로 대신해 볼까요. 저와는 어울리지 않는 소담한 말들이 터져 나오네요. 아마, 당신의 문장에 담긴 실물감 때문이겠지요.

생각해 보니 저번 계절 보내 주신 시집에 답장을 하지 못했네요. 잘 읽고 있어요. 많이는 아니지만, 조금은 마음의 온도가 바뀐 것을 느낍니다. 어쩌면 미래는 그렇게 다가오는 것인가 봐요. 나도 소리 내어 아직 제목을 알지 못하는 노래를 허밍해 봅니다. 그러니, 잘 지내시길. 조금쯤 다시 어두워지는 날에는 당신의 문장을 꼭 꺼내 볼게요.

미래의 파인애플 화분을 기다리며, 마음을 담아

임지훈 드림.